AF185459

Informationen zum Autor:

Christoph Amediek ist

Ehemann,

Vater,

Pauker,

Musiker,

Sportler,

Fußballfanatiker,

Jahrgang 1967.

Und jetzt auch noch Autor.

Er lebt in Alfter (mit „l"!) bei Bonn.

Kontakt unter camediek@gmx.de

Christoph Amediek

***

Money Talk

Wenn das Geld spricht...

www.tredition.de

2. Auflage 2021

© 2020 Christoph Amediek

Verlag und Druck: tredition GmbH, Halenreie 40-44, 22359 Hamburg

ISBN
Paperback: 978-3-347-03629-1
Hardcover: 978-3-347-03630-7
e-Book: 978-3-347-03631-4

Cover-Grafik: Thilo Zweihoff

Bibliografische Information der Deutschen Nationalbibliothek:

Die Deutsche Nationalbibliothek verzeichnet diese Publikation in der Deutschen Nationalbibliografie; detaillierte bibliografische Daten sind im Internet über http://dnb.d-nb.de abrufbar.

INHALTSVERZEICHNIS

Für Mama und für Papa.

Ganz altmodisch: Prolog

Bevor ich beginne, Ihnen meine Geschichte zu erzählen, möchte ich mich kurz vorstellen: Geboren wurde ich 2008, und jeder, der mich in Händen hält, kann mir mein Alter zwar nicht von der Stirn, jedoch leicht von meiner Rückseite ablesen.

Wir Geldstücke haben gegenüber euch Menschen ja Eigenschaften, von denen ihr nur träumen könnt: Zum einen sind wir von Geburt an schon erwachsen! Das soll heißen, dass wir keine Fähigkeiten mühsam und im Laufe von Jahren oder Jahrzehnten hinzulernen müssen – das Krabbeln, Laufen, Sprechen, Essen, aufs Töpfchen Gehen - all´ das fällt für uns aus. Ehrlich gesagt, bedürfen wir ja auch keiner der oben genannten Fähigkeiten. Ich meine mit „schon von Anfang an erwachsen" auch eher unsere äußere Gestalt und unsere Fähigkeit, Sinneseindrücke zu verarbeiten - diese Dinge sind bei uns von Anfang an vollständig - quasi frisch aus der Präge - vorhanden! Das soll jedoch nicht heißen, dass wir uns nicht weiterentwickeln: Denn die Lebens-erfahrung bekommt man ja nur durch das Leben, und hier geht es uns genauso wie euch: Wir müssen zunächst einmal unsere Umwelt in gewisser Weise verstehen, uns ein Koordinatensystem des Beziehungslebens mit euch zurechtlegen und in neuen Alltagserfahrungen schauen, ob dieses System belastbar und nützlich ist.

So kann es z.B. sein, dass eine ganz frische 2-Euro-Münze, sagen wir aus Portugal, mit einem super erfahrenen, schon zehn Jahre alten Euro aus Holland zusammen in einem Portemonnaie liegt: Und Herrchen - das ist also derjenige, bei dem wir gerade in der Geldbörse oder in der Hosentasche oder sonst wo stecken (wir unterscheiden da natürlich auch ganz emanzipiert zu "Frauchen") - und Herrchen ist, nun ja, ich sage es mal hier im Vertrauen, weil wir unter uns sind: Herrchen ist gerade in Lissabon mit seinen Kumpels, und hat sich entschieden, für eine Weile bei einem zufällig kennengelernten Frauchen zu liegen und das Frauchen, das eigentlich aus Belgien kommt, ist mit ihren Freundinnen hier und hat genau dieselbe Entscheidung getroffen. Also solche erotischen Menschsituationen steckt eine erfahrene holländische Münze locker weg - das neue 2-Euro-Stück aus Portugal jedoch ist von dem Ganzen, was es mitkriegt, hoffnungslos überfordert, und als es dann merkt, was Herrchen und Frauchen da machen, wird es - nun ja, nicht rot - aber doch spürbar verlegen. Und während der holländische Euro in väterlicher Zuwendung den portugiesischen Frischling aufklärt, gackert und gickstert das ganze verfluchte Kleingeld - und am allerschlimmsten diese immer ungezogenen 5-Cent-Blagen!

Sie sehen schon, dass wir Münzen uns nicht nur äußerlich unterscheiden: Wir entwickeln unsere Persönlichkeit im Laufe der Jahre, immer abhängig von zwei Faktoren: Da ist zunächst natürlich das Frauchen oder Herrchen, bei dem wir zuerst sind –

von denen werden wir geprägt (hihi, schöne Zweideutigkeit). Und dann gibt es noch die Münzfamilien, innerhalb derer deutliche charakterliche Unterschiede existieren.

Meine Münzfamilie sind die 1- und 2-Euro-Stücke, ebenso gehören die 10-, 20- und 50-Cent-Stücke zusammen, und dann gibt es noch die Münzfamilie der Furzknoten: 1, 2 und 5 Cent.

Jede Zugehörigkeit zu einer Münzfamilie ist auch immer mit einer grundsätzlichen Charakterdisposition verbunden: Nehmen wir z.B. mal das 50-Cent-Stück: Ich gebe zu, es tut mir leid! Es hat bei uns die Rolle des Viel-zu-kurz-Gekommenen, des jüngeren Bruders, der den Hof nicht erben darf, der ewige Auswechselspieler. Früher war es eine Mark gewesen! Silberfarben und überall in der Werbung als Symbol verwendet. Das Markstück war der Mainstream-Star unter den Münzen! Ganze kapitalistische Imperien sind für ein symbolisches Markstück von einem Besitzer zum anderen gewechselt! Die schnorrige Redewendung *Haste mal ne Mark?* war fester Bestandteil des Wortschatzes.

Und die früheren 50-Pfennig-Münzen waren wenigstens Silberfarben und hoben sich damit vom Kleingeldpöbel ab.

Und da ich gerade von früher rede: Da gab es mich zwar noch nicht, aber wir Münzen sind auch ein bisschen Stolz auf unseren Stammbaum, den es ähnlich lange gibt, wie eure Stammbäume, denn wo Geldmünzen sind, ist Zivilisation! In meinem Stammbaum – dem Stammbaum des Silbergeldes - steht ganz oben das 5-Mark-Stück! Ihm wurde von allen ein großer Respekt entgegengebracht: Es hatte einen Zahlungswert, der deutlich größer war als alle anderen Münzen zusammen und es war in den 80ern des letzten Jahrtausends ein echter Fernsehstar: Denn bei der ARD-Fernsehlotterie hieß es: "Mit 5 Mark sind sie dabei!"

Entsprechend hat dieses Geldstück auch einen Namen, mit dem wir ihm Ehrfurcht und Respekt zollen: Wir nennen es den *Großen Heiermann*! Klug und Weise wussten diese Großmünzen von den Abenteuern in der Welt zu berichten und mit ihrer Besonnenheit und Güte schlichteten sie jeden Streit im Portemonnaie. Jedes Frauchen und jedes Herrchen schätze das 5-Mark-Stück: Ein großes, silberfarbenes schweres Stück Verbundmetall mit einem fulminanten Zahlungswert!! Früher bekam man für einen Heiermann zum Beispiel zwei Schachteln Zigaretten. Plus Rückgeld!

Zwar gibt es diese seltsamen Mutanten von 10-Mark- oder 10-Euro-Stücken, doch die nimmt doch keiner ernst: Kaum einer von uns hat jemals mit einem gesprochen, und die, die schon mal mit einem 10er zusammengekommen sind, konnten nur das Schlimmste berichten: Z.B. hat mir mal ein witziges 20-Cent-Stück aus Griechenland erzählt, dass es mal einen Nachmittag zusammen mit einem 10-Euro-Stück aus dem Jahre 2006 - eine Sonderprägung anlässlich der Fußball-Weltmeisterschaft - auf einem Schreibtisch verbracht habe.

Frauchen hatte ihr ganzes Kleingeld aus dem Portemonnaie auf den Schreibtisch gelegt, weil sie eine neue Geldbörse bekommen hatte, und dann hatte es geklingelt und Besuch kam und so war das witzige 20-Cent-Stück den ganzen Tag mal draußen. Am Rand der Schreibunterlage lag ein aufgeklapptes Plastikkästchen mit einer hochglanzpolierten 2006er-Münze. Alle Münzen rund um den witzigen 20er lugten neugierig herüber, denn dass man mal einen leibhaftigen 10-Euro-Taler sehen kann, ist sehr selten: Doch wie erschrocken waren sie, als die Münze, die so gerade über den Rand der Einfassung des Plastikkästchens herüberschauen konnte, anfing zu jammern: "Gehört ihr zu denen, die in Freiheit leben?"

Alle Münzen nickten, und der Tonfall der 10-Euro-Münze machte sie traurig. "Seid froh! Wir Sondermünzen sind dazu verdammt, in irgend-welchen Vitrinen und Schachteln unser Dasein zu fristen! Ich bin jetzt schon seit über zehn Jahren in der Schublade da hinten, und - ihr werdet es nicht glauben - dort lagern noch 13 andere Leidens-genossen!" Ein 2-Cent-Stück, das wie alle 2-Cent-Stücke immer so ein bisschen schwer von KP ist, oder wie wir sagen: "Bei dem fällt der Groschen pfennigweise!" - fragte dämlich: "Aber kann Frauchen denn nicht den nächsten Einkauf mit euch bezahlen? Es braucht doch nur vier oder fünf von euch für eine ganze Tankfüllung!" - "Herrgott, wie kann man nur so taktlos sein!" - Ein altes 50-Cent-Stück regte sich über den naiven 2er auf. "Diese Sondermünzen sind nicht zum Bezahlen, sondern nur zum Angucken!"

Und Tanken? - Der blankpolierte 2006er hatte ja überhaupt keine Ahnung, was das ist!

Ne fette Prägung, aber die Lebenserfahrung von einem Schokoladentaler!

Den ganzen Nachmittag über sprachen die Münzen mit dem 10er, der seinerseits Horrorstories berichten konnte von einer Sondermünze aus dem Jahre 1954, herausgegeben anlässlich des ersten Weltmeister-titels von Deutschland. Diese Münze hatte in ihrem ganzen Leben keine zehn Mal das Tageslicht gesehen. In ihrer Verzweiflung und Einsamkeit - denn die Sondermünzen hatten ja untereinander kaum etwas zu erzählen, und das, was sie sich erzählten, wiederholten sie dann immer und immer wieder – also in ihrer Verzweiflung und Einsamkeit war die 54er-Münze dazu übergegangen, in einer Endlosschleife wie in ein tibetisches Betritual versunken das einzige ihr bekannte Lied zu singen, das sie von einer anderen Fußball-WM-Münze gehört hatte: "Fußball ist unser Leben, denn König Fußball regiert die Welt!"

Die anderen Sondermünzen wandten sich nach einigen Wochen ununterbrochenen Gesangs mit Grauen ab, manchmal intonierten sie in einer sarkastischen Art das immer wiederkehrende „Ha! Ho! Heja-Heja-He!"

Der 2006er hörte, fragte und saugte noch den ganzen Nachmittag das auf, was die anderen Münzen so alles zu berichten hatten - über die Alltagsgewohnheiten von Herrchen und Frauchen, dem manchmal nicht einfachen Zusammenleben der verschiedenen Münzfamilien im Portemonnaie und natürlich die ganzen Anekdoten, die man in dieser Zeit unterbringen konnte.

Nun ja, der witzige 20er und ich waren uns am Ende einig, dass es zigmal besser ist, eine kleine Nummer zu sein, als in einem Plastiksarg lebendig in einer Schublade begraben zu liegen.

Als die Frau zurückkam und den Deckel der Sondermünze zuklappte, war diese dann voller neuer Geschichten, die sie den anderen erzählen konnte, und das machte sie so froh, dass wir noch hörten, wie sie vergnügt ein Liedchen vor sich hersang, als Frauchen sie zurück zur Vitrine brachte: „54, 74, 90, 2006, ja, so stimmen wir alle ein...."

Kommen wir zurück zur Münzfamilie. Die Furzknoten haben es nicht leicht: In einigen Gegenden arbeitet man aktiv daran, sie gänzlich im Bargeldverkehr auszurotten! Ein echter Geldozid! Da wird auf oder abgerundet, weil kein Mensch unnützes und angeblich fast wertloses Metall mit sich herumschleppen will! Viele der kleinen Münzen wissen zu berichten, dass sie manchmal tagelang mitten auf dem Gehweg oder in Fluren herumliegen. Früher dauerte es kaum fünf Minuten, dass jemand sie erblickte und mit erfreuter Zärtlichkeit aufhob! Heutzutage - das haben mir mehrere erzählt! - heutzutage werden sie offen angeblickt, gefolgt von einem maximal enttäuschten Gesicht, dass es nicht wenigstens ein 50-Cent-Stück ist, und achtlos liegengelassen oder gar weggekickt.

Aufgehoben werden sie eher von älteren Leuten. "Schau an, das Geld liegt auf der Straße, man ist nur zu faul zum Bücken!", heißt es dann von einem rüstigen Rentner, und im Portemonnaie merkt die kleine Kupfermünze dann sofort, dass der Typ kohletechnisch eigentlich ganz gut aufgestellt ist. Der ultimative Alptraum der Furzknoten ist es natürlich, als Erinnerungsmünze zu enden: Notre Dame oder Eiffelturm in Paris, Brandenburger Tor oder Irgendwelche Hotspots an Badeorten: Überall werden diese Folterautomaten aufgestellt, in denen Kleinmünzen plattgequetscht und umgeprägt werden – um dann in irgendeiner Schublade vor sich hin zu gammeln.

Geld hat übrigens eine typische Eigenschaft: Wenn wir Kontakt zu einem Menschen haben, merken wir sofort an der Duftaura des Porte-monnaies, wie hier das Verhältnis zu uns ist. Neben uns Münzen gibt es ja noch die anderen, den Menschen viel wichtigeren Zahlungsmittel: die Scheine.

Während ich im Kleingeldfach als 2-Euro-Münze natürlich meinen Status habe, weil bei mir der größte Wert draufsteht, ist das Ansehen bei den Scheinen etwas anders verteilt: Der 5er ist natürlich eine arme Socke, denn den letzten beißen ja bekanntlich die Hunde – in diesem Fall die 10er, die immer darauf erpicht sind, die Hackordnung im Geldscheinfach aufrecht zu erhalten. Nur immer schön der Größe nach einsortieren und jedes Mal den kleinen 5er hänseln, weil er ganz vorne (oder hinten) liegt: das sind diese typischen Marotten der 10er, die immer etwas zwanghaft und linkisch sind. Ist ihnen das auch schon mal aufgefallen, dass sie so einen 5er-Schein haben und der ist ein bisschen eingerissen? Das waren dann hundertprozentig diese 10er-Hooligans!

Dann kommen die 20er – die sind immer ein bisschen arrogant und machen gerne einen auf schusselig („Huch, ich liege ja zwischen zwei 50ern, ja wie kommt das denn?") oder einen auf blau – ach, das sind sie ja sogar... – hihi, kleiner Münzenwitz über die doofen Scheine.

Die 20er wollen vor allem deshalb an den 50ern hängen, weil die die eigentlichen Stars im Portemonnaie sind: Die kommen am meisten rum, werden oft und gerne angefasst, gerieben – fast geschmiegt – und haben immer jede Menge Stories zu erzählen.

Die 100er schon weniger: Sie werden vor allem von kleineren Einzelhändlern überhaupt nicht gerne gesehen und dann sehr abschätzig behandelt („Sie können nicht morgens um halb 9 ihre Brötchen mit 100 Euro bezahlen, soviel Wechselgeld hab ich gar nicht!") – zudem werden sie bei jedem Zahlungsverkehr kritisch gegen das Licht gehalten, an sehr persönlichen Stellen berieben und durch Prüfgeräte gepresst, bei denen man in aufdringlicher Art und Weise die empfindlichsten Teile offenlegt – nee, das ist nicht so cool.

Zwar werden die 50er inzwischen auch in dieses Prüfgerät gesteckt, doch haben die einen professionellen Umgang damit entwickelt. Zudem – und das macht die 50er ja auch irgendwie interessant - sind viele von denen ja auch echte Junkies, da sie oft so eine Kokainaura ins Portemonnaie mitbringen. Da weiß dann sofort jeder: Au Backe, jetzt kommt wieder so ein Typ aus der Streetszene! Mal hören, was der so alles erzählen

kann!! Vielleicht hat der auch noch 'ne kleine Nase für mich!
Bei den 100ern kommt das auch manchmal vor, aber die sind ja vom Charakter her so stocksteif, dass die immer sofort verkrampfen, wenn sie auf ihre Drogenerfahrungen angesprochen werden.

Die 200er und 500er kann man getrost vergessen: Das sind ziemliche Einsiedler, wenn auch aus anderen Beweggründen. Beide kommen in Geldbörsen so gut wie nie vor, und wenn, dann oft in den immer gleichen Geschäftsbereichen: Autohandel ist so ein Dingen – sowieso alle Arten von Handel, bei denen größere Summen in bar bezahlt werden – eigentlich völlig unverständlich und höchst subversiv heutzutage: „Ts, ts, ts, wer solche Beträge bar bezahlt, will doch bestimmt Schwarzgeld loswerden!", wie dann die EC- und Kreditkarten mit einem abschätzigen Magnetstreifenrümpfen immer anmerken.

Die 200er und 500er liegen gewöhnlich dann auch nicht im Portemonnaie, sondern in Briefumschlägen. Kommt dann mal aus Versehen so ein Schein zu uns ins Portemonnaie, sind sie immer komplett abweisend: Die 200er sind einfach nur paranoid – denn jeder von denen kennt irgendeinen anderen 200er, der in St. Moritz, St. Petersburg oder einer Münchner Nobeldisco zum Anzünden einer Zigarre in Flammen aufgegangen ist. Das ist die kollektive Höllenvorstellung der 200er, die deshalb extrem fatalistisch und abergläubisch sind (und wohl auch deshalb eine Oligarchenphobie entwickelt haben).
Die 500er sind einfach nur völlig arrogante Schnösel,

eine aussterbende Spezies, die nicht mehr gedruckt und ausgegeben wird, die sich auch an keiner Unterhaltung beteiligen und höchstens mal mit einem Kopfschütteln ein „Ach nee, wie gewöhnlich" hören lassen.

Allerdings freut sich auch immer das ganze Portemonnaie, wenn sich mal so ein blöder Fatzke von 500er zwischen 50er und 20er verirrt hat: Mann, dann reiben sich die tausendfach begrapschten lebenserfahrenen Scheine absichtlich an dem prüden, quasi klinisch reinen und kontaktphobischen Großschein, befummeln ihn obszön an den beiden Nullen oder pusten ihm Kokainreste in die Prüffalzen.

Doch haben wir auch alle etwas gemeinsam: Öffnet Herrchen oder Frauchen die Brieftasche, um damit zu bezahlen, erklingt ein vielstimmiges „Nimm mich! Nimm mich!!" aus den Fächern und Zwischentaschen der Geldbörse – denn uns alle eint das eine Ziel, zu dem wir ja gemacht wurden: Kreislauf, Kreislauf!

Krösus

Wenn es Dinge im Leben der Menschen gibt, die ihnen wichtig sind – oder auch: wert und teuer – dann verfestigen sie sich in eurer Sprache und werden von Generation zu Generation weitergegeben. Ach sorry, jetzt habe ich dich schon geduzt! Aber ich glaube, das ist ganz ok, ich habe dir ja schon ein ganzes Kapitel was über uns erzählt.

Da wir als Geld eine überaus bedeutende Rolle in eurem Leben einnehmen, gibt es entsprechend viele Redewendungen über und mit uns.

„Wer den Pfennig nicht ehrt, ist des Talers nicht wert" ermahnt zu Sparsamkeit und ist die konservative Version von diesem schrillen *„Geiz ist geil"* und mündet in dem trockenen Spruch: *„Vom Geldausgeben ist noch niemand reich geworden."*

„Spare in der Zeit, dann hast du in der Not" betont ebenfalls einen zurückhaltenden Umgang mit den vorhandenen Ressourcen und ist die Quintessenz eurer alttestamentarischen Josefgeschichte mit den sieben fetten und sieben mageren Jahren. Und dies scheint ihr auch umfänglich verinnerlicht zu haben, denn jedes Jahr veröffentlicht der Bundesverband der Spar- und Darlehenskassen, wieviel Geld allein deutsche Sparer in den entsprechenden Instituten horten – und die unzähligen privaten Geldreservoirs wie Weckgläser voller Kleingeld, Sparschweine, Sparstrümpfe, Geldkatzen, Einbautresore, Umschlä-

ge in Schreibtischschubladen sind da noch gar nicht erfasst!

Tragischeren Ursprungs sind dann schon Aussagen wie *„das Geld rinnt einem so durch die Hände"* und assoziiert ein völliges Unbeteiligtsein derjenigen, um deren Hände es hier geht! Mit diesem Spruch wollt ihr euch natürlich um eure Verantwortung drücken! Als wenn Geld – also wir Münzen und Scheine – in dem Moment, in dem wir aus dem Portemonnaie genommen werden, unvermittelt unseren Aggregatzustand von fest zu flüssig wechseln würden und das arme Herrchen oder Frauchen nur ohnmächtig zusehen kann, wie wir unaufhaltsam aus der eigenen in eine fremde Hand hinüberfließt, nur um dort wieder fest zu werden!
Humbug!! Diejenigen, die uns ausgeben, seid ihr! Und da passt es schon besser, dass jemand, der recht freigiebig ist, auch als Urheber eben dieser Freigiebigkeit deutlich verortet wird: *„Der wirft mit Geld nur so um sich!"* oder gar *„aus dem Fenster heraus"* oder wird am Ende handgreiflich uns gegenüber: *„Das hauen wir jetzt auf den Kopf!"*
Und wer das kann, sollte sich glücklich schätzen, denn es gibt ja auch noch die, die *„jeden Pfennig zweimal umdrehen müssen"*, die *„ein Loch in der Tasche"* haben, bei denen *„am Ende des Geldes noch soviel Monat übrig"* ist, deren Schulden ihnen nicht nur *„über den Kopf wachsen"*, sondern ihnen vorher *„alle Haare vom Kopf"* fressen. Ihnen bleibt am Ende nur, sich mit ihrer materiellen Not zu arrangieren und mit Sprüchen zu trösten wie *„Geld ist nicht alles"*,

„Geld verdirbt den Charakter", „Geld geht, Bildung bleibt" oder *„Umsonst ist nur der Tod!"*

Zugegeben, der letzte Spruch war jetzt ziemlich krass. Aber was können wir denn dafür? Wir sind das, was ihr aus uns macht! Manch einer *„macht sich nichts aus Geld"*, andere verweisen auf unseren wenig aufdringlichen Geruch (*„Geld stinkt nicht!"*) oder stellen schlicht fest: *„Geld regiert die Welt!"*
Und wenn zum Beispiel jemand, den man für ausreichend bemittelt hält, in der Kneipe aufgefordert wird, eine Runde zu schmeißen, dann heißt es schnell: *„Bin ich Krösus? Hab' ich 'nen Steiß wie ein Goldesel?"*

Nun ja, bei Huftieren kenne ich mich nicht so gut aus, aber zu Krösus könnte ich kurz etwas anmerken: Krösus war in der Mitte eures vorchristlichen Jahrtausends der König Lydiens. Wie viele sehr reiche Menschen auf der Welt hatte er nicht durch seiner Hände Fleiß diesen Reichtum zusammengebracht, sondern startete als Königssohn aus einer wirtschaftlich bevorzugten Lage in seine Karriere, denn er übernahm das Vermögen seines Vaters ohne Erbschaftssteuer. Wie alle reichen Menschen heutzutage lag sein vornehmlichstes Bestreben in der Expansion seines Reiches und seines Reichtums - ihr wisst ja: *„Mit Geld macht man Geld."* Lydien kann man geografisch am besten mit der westlichen Hälfte der Türkei beschreiben und die reichen griechischen Städte an der Westküste – Ephesus, Milet – gaben dann auch seinem Werben, das von militärischen Argumenten begleitet wurde, nach und stellten sich unter seinen Schutz.

Sein sagenumwobener Reichtum war jedoch gar nicht so groß. Also, er war schon extrem reich, etwa wie Paul McCartney oder die Aldi-Brüder, aber es gab da im mittelasiatischen Raum noch viel, viel reichere Potentaten, wie z.B. der Perserkönig, dem später auch die feindliche Übernahme von Krösus' Reich glückte.

Krösus wurde jedoch deshalb von seinen Zeitgenossen und von den folgenden Generationen so eng mit Reichtum und Geld in Verbindung gebracht, weil er im Bereich der Finanzwirtschaft einige mehr oder weniger bahnbrechende Neuerungen eingeführt hat.

Zunächst gelang es ihm, seinen Staatshaushalt auf zwei Säulen zu stellen: Die Ausbeutung der Gold- und Silberminen im Reich, sowie ein modernes Steuersystem, sogar mit Abschreibungsmöglichkeit!

Denn anstelle von einmaligen Plünderungen oder jährlichen aufwendigen Expeditionen zur Eintreibung von Tributen belegte er die unterworfenen Städte und Landstriche mit Steuern. Abhängig davon, inwieweit diese Steuerschuldner zum Beispiel Truppen eigenfinanziert aushoben, ausstatteten und dem König von Lydien für seine realpolitischen Pläne zur Verfügung stellten, wurde die Steuerlast gesenkt oder gar komplett aufgehoben!

Welcher Provinzfürst überredet da nicht gerne seine wehrfähigen Bürger zum Söldnerdienst für den fremden König!

Zum Zweiten revolutionierte Krösus das Münzsystem und erleichterte so den wirtschaftlichen Warenaustausch: Als Land zwischen den Griechen und den Persern befanden sich wichtige Handelsknotenpunkte in den Hafenstädten am Mittelmeer und entlang der Transportrouten, in denen Menschen unterschiedlichster Herkunft untereinander Waren verkauften. Doch war das Feilschen und Ausdiskutieren über Wert und Preis von Waren noch um eine weitere Dimension erschwert: Den Wert des Geldes, mit dem bezahlt wurde! Griechen bissen an persischen Goldplättchen herum, immer misstrauisch, ob nicht zu viel Kupfer oder sonst was beigemengt war. Perser musterten skeptisch griechisches Silbergeld und stellten das Gewicht in Zweifel. Und beide zweifelten insgeheim am lydischen Geld, da die Lydier je nach Sichtweise entweder knabenliebende Möchtegerngriechen ohne Bildung oder pseudopersische Bastarde ohne Glauben waren.

Und so führte Krösus – aber vielleicht war es auch schon sein Vater - in der Region die ersten geprägten Goldmünzen ein.

Das Prägezeichen – ein Stier und ein Löwe – stand dabei nicht nur für die Symbole Lydiens und seiner Könige; es stand auch dafür, dass jede der etwas unförmig gegossenen Münzen eine feste Größe – und damit einen festen Wert hatten.

Die Münzen waren sogenannte Elektrons. Nein, hat nichts mit elektrischer Ladung zu tun, obwohl man mit einem ganzen Beutel voller Elektrons als ziemlich geladen angesehen wurde, hihi.

Diese Elektrons heißen so, weil es mit ihrer Beschaffenheit zu tun hat: Es waren nämlich Legierungen! Genau wie ich! Nur waren diese Legierungen natürlich nicht aus irgendwelchem Verbundmetall mit ein bisschen Kupfer vielleicht, sondern Legierungen aus Gold und Silber, die in dieser schon fertigen Verbindung den Flüssen und Bergen abgerungen wurden!

Und man nannte dies deshalb Elektron, weil man zuerst annahm, dass es sich um ein eigenes Edelmetall handelte.

Die gebräuchlichsten Münzen waren die Trite: Das war eine Münze aus etwa 4,71 Gramm Elektron und bezeichnete im Wert ein Drittel eines Strater, was soviel heißt wie Standard. Ein Strater war schon ganz schön viel wert: Ein ganzer Monatslohn war das, und so bedurfte es einer systematischen Abstufung, damit man sich zum Beispiel auch mal eine Tüte Obst kaufen konnte: Es gab dann immer kleiner werdend Sechstel, Zwölftel, 24tel bis hinunter zum 96tel-Strater: superkleine Minimünzen, aber alle aus der Edellegierung Elektron und mit der Prägung des Königs von Lydien.

Denn im Gegensatz zu heute stellten die Münzen damals mit ihrem reinen Materialwert auch gleichzeitig ihren Gegenwert im täglichen Zahlungsverkehr dar.

Natürlich gab es da auch noch größere Münzen als den Strater: Ist ja auch sinnvoll, wenn zum Beispiel ein reicher Händler seinem halbstarken Sohn einen neuen Streitwagen in der Cabrioletversion mit zwei oder gar vier PS spendieren wollte oder der Tochter als Mitgift eine Eigentumswohnung in Ephesus samt Meerblick und eigenem Aquädukt.

Diese Normierung des Zahlungsverkehrs führte dazu, dass der Handel auf angenehmste Weise erleichtert wurde – übrigens ähnlich wie in Europa mit Einführung von uns, den Euros! Man musste nichts mehr umrechnen, nicht mehr mehrere Geldbeutel für mehrere Währungen mit sich führen und war sich sicher, dass ein Strater auch im nächsten Jahr noch einen Strater wert ist!

Und da der nun noch mehr belebte Handel in Lydien natürlich auch mit Abgaben und Zöllen verbunden war, floss noch mehr Geld in die Staatskasse, die Krösus unter anderem im Immobilienbereich investierte – wir würden heute sagen: *Betongold!*

Er ließ sich einen prächtigen Palast in Sardes, der Hauptstadt des Lydierreiches, errichten, einschließlich turnhallengroßer Schatzkammern, denn der ganze Zaster musste ja irgendwo verwahrt werden und die Schweiz oder die Cayman Islands waren als Verwahranstalten noch nicht so bekannt.

Naja, aber wie wir wissen, lockt Scheiße die Fliegen an, und Geld diejenigen, die es gerne haben wollen – in Krösus' Fall war dies Kyros II. von Persien.

Der hatte sich schon erfolgreich an Lydien heranerobert, als Krösus sich entschloss, den östlich gelegenen großen Nachbarn proaktiv anzugreifen.

Der Legende nach soll er als guter Heide zum Orakel von Delphi gegangen sein, um dort eine Prophezeiung zu seinem Feldzug zu empfangen. Die Antwort des Orakels:

„Wenn du den Halys überschreitest,
wirst du ein großes Reich zerstören."

Haha, einmal dürft ihr raten, was dann passiert ist: Das Lydierreich wurde von den Persern erobert und das lydische Geld erfolgreich in den persischen Wirtschaftskreislauf eingeflochten, denn ihr wisst ja (und das ist auch so eine Redewendung): Gutes bleibt!!

Oder wie wir Münzen sagen: Kreislauf!!

Menschen

Im ersten Moment, in dem man in eine neue Hosentasche oder eine neue Geldbörse wandert, weiß man als lebenserfahrene Münze recht schnell, wo man gelandet ist: Zum Beispiel gibt es da die Münzphobiker! Die wollen gar kein Münzgeld haben und vermeiden so gut es geht, welches zu bekommen. Wenn man mal in einem solchen Portemonnaie landet, merkt man sofort: Die Geldbörse ist relativ alt, das Kleingeldfach jedoch fast neu. Dann wird man hämisch von einem Einkaufschip, der Dauergast in diesem Fach ist, angesprochen und muss sich diverse Hochnäsigkeiten gefallen lassen von der Sorte *„Hier ist leider besetzt!"*, *„Typen wie ihr haben hier keinen Platz!"* oder *„Gleich werdet ihr abgeschoben ins Münzlager!"*

Das Münzlager gibt es bei vielen Menschen und die Frage ist dann immer, in *was* für ein Münzlager man kommt. Ich als 2-Euro-Taler habe da natürlich weniger Sorgen. Zusammen mit den 1ern werden wir oft *neben* ein solches Lager gelegt oder überstehen eine Selektion im Portemonnaie, weil Herrchen gleich noch kurz los muss und uns beim Bäcker oder am Kiosk braucht.

Den anderen Münzen geht es da schon schlechter: Die kommen dann in ein Einweckglas, eine alte Schale oder eine Pappspardose von der Sparkasse und warten.

Zunächst ist das ja ganz amüsant, weil sich dann die Münzen allerlei zu erzählen haben, doch es kann ja sein, dass man da Monate oder sogar Jahre verbringen muss, und dann ist es wie bei euch Menschen: Wenn man immer nur mit denselben Typen rumhängt, dann lernt man die lieben netten Eigenheiten des anderen kennen, auf die man zum Teil gerne auch verzichtet hätte und man ödet sich an und geht sich auf die Nerven.

Am schlimmsten ist es natürlich für die Furzknoten: Der totale Horror für sie ist das allgegenwärtige Schicksal, auf Jahrzehnte in einer Magnumflasche mit der Aufschrift *Brautschuhe* oder *Haiwaii mit Kai* lebendig begraben zu werden.

Die Münzen werden, wenn sie immer nur mit denselben Leuten abhängen, dann auch nachlässig in ihren Umgangsformen und lassen sich gehen: Die Kleinstmünzen klagen nur noch über ihr Schicksal – nämlich ihre Kleinheit - , die 10-Cent-Münzen weisen auf eben jene Kleinheit ihrer kupferfarbenen Kollegen hin, weil sie sich selbst ein bisschen besser fühlen möchten, die 20er machen sarkastische Bemerkungen und die 50er jammern und klagen fatalistisch: „Früher waren wir mal eine Mark! Wie kann man uns nur so abwerten und entrechten?!"

Und dieses ganze Gejammer, Geklage und Geweine kann man schon erschnuppern, wenn man in eine neue Geldbörse oder Tasche kommt.

Bei vielen Leuten merkt man auch sofort: Oh, hier ist generell nicht viel los, hier wird man geschätzt und nicht einfach mit einer abwertenden Geste in ein Einmachglas geworfen.

Es gibt natürlich auch noch die Pfennigfuchser, das merkt man auch sofort: Kaum kommt man ins

Portemonnaie, werden überall Slogans intoniert: *„Rabatt!", „Schnäppchenwoche!", „Aktionspreis!", „Alles muss raus!", „Nimm 3, zahl 2!", „Sparen, Sparen, Sparen!"*

Hebt Herrchen oder Frauchen am Bankautomaten Geld ab, so stöhnt jeder neu ankommende Schein: „Schon wieder so ein kniepiger Typ. Bei jeder Auszahlung zählt er penibel nach und drückt und schubbert über jeden einzelnen von uns, ob nicht vielleicht der Automat sich vertan hat und zwei von uns ganz eng zusammen als nur ein Schein gezählt wurden." – „Am liebsten würde der wahrscheinlich noch am Automaten stehen bleiben um nachzuschauen, ob beim nächsten Kunden nicht noch ein Schein zuviel im Geldausgabefach liegt und sagen: Ach, das ist doch noch meiner!"

Gar nicht lustig ist es in diesem Zusammenhang, wenn man an so einen Pfennigfuchser gerät, der mit dem Alter immer pfennigfuchsiger und dazu vergesslich wird. Generell fühlen sich solche Leute ja ihr ganzes Leben lang bedroht. Und je länger sie leben, desto bedrohter fühlen sie sich, zum Teil sogar von den eigenen Verwandten. Wenn dann noch die Vergesslichkeit hinzukommt, dann fangen sie an, ihr das ganze Leben zusammengefuchstes Geld zu verstecken. Und dann finden sie es nicht mehr wieder.

Manche fühlen sich sogar von der Bank bedroht: Sie holen am Monatsanfang alles Geld, das sie für die laufenden Abbuchungen nicht mehr brauchen, von der Bank ab und verstecken es zuhause. Es ist dann immer lustig, bei solchen Leuten daheim zu sein.

Aus Kommoden, unterm Teppich, aus der Ritze eines Sofas, zwischen Buchseiten heraus hört man dann: *„Mäuschen piep mal!"*, *„Hier bin ich!"*, *„Kuckuck!"*, *„1-2-3-4-Eckstein, alles muss versteckt sein!"*
Und wenn dann der demente Pfennigfuchser anfängt, seine Geldverstecke abzuklappern, und sie nicht findet, geht das dann: *„Kalt....warm.... ..wärmer.....HEISS!!!"*, und dann *„Kalt- kälter- ganz kalt! Hihihi!"*
Das ist natürlich immer nur bis zu einem gewissen Punkt witzig. Wenn die Leute derart durch den Wind sind, dass sie kein Versteck mehr finden, wird das natürlich auch für uns Geldscheine und Geldstücke öde - eventuell sogar bedrohlich!
Wir sind gemacht, um im Kreislauf des Geldes zu zirkulieren und mancher Schein ist schon zwischen Buchseiten eingesperrt oder unter Einlegeböden in Schubladen beim Entrümpeln der Pfennigfuchserbude entsorgt worden.
Zum Glück haben solche Pfennigfuchser, wenn sie dann mal zu vergesslich geworden und ins Altenheim entsorgt worden sind, in der Regel zuverlässige Anverwandte, die mit spitzer Nase und flinken Fingern durch das Haus stöbern und dann mit *„Warm!..Wärmer!..Heiß!.. HAB DICH!!!"* viele der Geldnester finden, um uns dann in ihre Haushalte zu tragen und gegebenenfalls in neuen Verstecken unterbringen.

Und dies reicht jetzt zur Einführung in unsere Welt. Ab jetzt möchte ich euch von meinen Abenteuern mit euch berichten:

Sparbrötchen

Die Frau zählte 7,96€ aus ihrer Geldbörse und aus einem Glas mit Kleingeld zusammen. Zu ihrer Freude fand sie noch am Boden ihrer Handtasche ein 10-Cent-Stück, das wiederum in das Kleingeldglas wanderte. Im Haus roch es etwas muffig, wahrscheinlich wurde nur selten ein Fenster geöffnet.

Die abgezählten Münzen legte sie auf die Ablage des Garderobenschranks, daneben ihre Geldbörse und obendrauf den Prospekt von Netto, auf dem mit einem Kugelschreiber die Anzeige für 3er-Packs *DuschDas Men für 1,99€* eingekreist war. „4x!!!!", war hastig daneben geschrieben worden.

„Das ist so in Tick von ihr", raunte mir ein 20-Euro-Schein aus dem Portemonnaie entgegen. „Sie kauft immer Markenware im Angebot auf Vorrat und versucht alles immer passend zu haben und am liebsten mit Kleingeld, damit sie keinen Schein anbrechen muss. Vorhin ist sie zur Nachbarin und hat einen anderen 20er umgetauscht in einen 10er und zwei 5er, damit sie nicht im Laden mit einem 20er bezahlen muss, weil sie es nicht passend hat." – „Naja Jungs", meinte ich, „das ist natürlich eine Milchmädchenrechnung!"

„Das ist ja mal wieder eine völlig sexistische Beschreibung!", protestierte ein 50-Cent-Stück, das neben mir auf der Ablage lag. „Du sagst *Jungs*, obwohl hier bei uns auf der Ablage die Geschlechter ja wohl gleichmäßig verteilt sind. Zudem ist deine Bezeichnung *Milchmädchen* deutlich negativ gemeint, unterstellt sie doch, dass Mädchen generell nicht rechnen können, *Jungs* dagegen schon!"

Ich rollte mit dem Bogen meiner Zwei. „Du weißt schon, dass wir alle im Grunde genommen geschlechtslos sind!" – „Trotzdem finde ich, dass man in der Sprache schon ein bisschen aufpassen muss, nicht in ähnliche Plattitüden wie die Menschen zu verfallen!" – „Ok. Aber du musst dich dann auch ein bisschen selbstkritisch mit deiner menschlichen Prägung auseinandersetzen: Die Tatsache, dass dich anscheinend eine Emanze als erster Mensch berührt hat, hast du kritiklos übernommen und spiegelst das jetzt nach außen." – „Und die Tatsache, dass dich anscheinend ein platter Macho als erstes angetatscht hat, fällt anscheinend nur mir auf, oder was?" – „Ich muss der 50er-Kollegin zustimmen.", sagte ein 20-Cent-Stück. „Schließlich sollten wir auf eine Kommunikation achten, bei der nicht achtlos die Gefühle anderer Münzen oder Geldscheine verletzt werden können." – „Kann das verdammte Kleingeld mal Ruhe geben!", schnauzte ein 10-Euro-Schein aus dem Portemonnaie. „Ich bin die ganze Nacht Taxi gefahren. Weckt mich heute Nachmittag und jetzt Schnauze!" – „Weiß jemand die Fußballergebnisse?", fragte ein 5er-Schein.

Es klingelte an der Tür. Die Frau ging hin, drehte den Schlüssel herum, der immer in der Tür von innen steckte, legte den Türspaltriegel vor, machte die Tür die paar Zentimeter bis zum Anschlag auf und fragte geduckt: „Ja bitte?" – „Ich bin's, Jutta", klang es ein bisschen genervt von der anderen Türseite hinein.

Die Frau stieß einen winzigen Fluch aus, öffnete den Türspaltriegel und dann die Tür. Jutta stand in Sportmontur vor ihr und blickte sie fragend an. „Melli? Wir waren doch zum Joggen verabredet!" – Die Frau, Melli, wurde etwas verlegen und brachte ein „Ach, hihi", hervor. „Du..", begann sie, „..Sorry, aber ich habe ganz vergessen, dir Bescheid zu sagen: Ich muss eben schnell was einkaufen und zur Bank, bin in 20 Minuten zurück!" Jutta schaute unverständlich und ein bisschen verärgert. „Hat das nicht Zeit? Die Geschäfte und die Bank haben den ganzen Tag auf, ich kann nur heute Vormittag mit dir eine Runde laufen." – „Ich *muss* das jetzt eben machen, bin doch gleich wieder da!", entgegnete Melli bestimmt, zeigte ein bemühtes unechtes Lächeln und hielt die Luft an. „Sorry, aber das passt mir jetzt nicht, dann muss ich mich nachher so hetzen und dann macht das Laufen auch keinen Spaß." – „Tut mir leid, aber das ist jetzt dringend. Wir laufen dann Samstag, ok?" – „Ja ok", sagte Jutta, die sich mit einem leichten Kopfschütteln abwandte. Die Tür schloss sich, die Frau legte wieder den Riegel vor, drehte den Schlüssel um und ging mit raschen Schritten nach oben.

„Sport ist Mord!", dröhnte ein 50-Euro-Schein mit tiefer Stimme, der ziemlich stark nach Zigarre roch, ein anderer 50er-Schein kommentierte altklug: „In der industrialisierten Welt ist Bewegungsmangel eine der größten Risikofaktoren für die Gesundheit der Menschen. Und, liebe Leutinnen, führt euch doch mal die Konsequenzen vor Augen: In einer Gesellschaft, die immer mehr digitalisiert wird und immer weniger bereit ist, sich zu bewegen, geht es uns analogen Barzahlungsmitteln zunehmend an den Kragen!" – Der Fußballfünfer seufzte – der Taxi-10er schnauzte: „Kann jetzt mal Ruhe sein! Und überhaupt: Wer sind verdammt nochmal diese *Leutinnen*?" Überraschend mischte sich ein100er ein, der anscheinend in Berlin sozialisiert wurde: „Da solltet ihr getz ma alle die Lauscher uffspannen, watt der Fuffzijer zu sagen hat, wa? Denn wenn man so inne Zukunft kiekt, dann kannet uns allen janz mächtig annen Kragen jehen!" – „Genau!", fuhr der 50er fort, „Wie diese 100er-Männin schon sagte, sieht es mit der Zukunft des Bargelds eindeutig nicht gut aus!" – „Ick hör wohl nischt rischtich: MÄNNIN!!" Der Hunderter war empört. „Bei so'ne Anrede kräuseln sich enem die Nullen uffte Plautze!" – „Wie auch immer,", fuhr der 50er – oder besser: *die* 50er- fort, „mit dem *Kleinst*geld fängt es an: Die 1- und 2-Cent-Stücke werden in Europa zunehmend aus dem Barzahlungsverkehr ausgegrenzt (die kleinen Münzen neben mir fingen an zu bibbern), gleichzeitig gibt es im Einzelhandel überall Bestrebungen, Kartenzahlung auszubauen. Denn die Vorteile liegen ja für die Menschen auf der Hand: Stellen wir uns die größten Bargeldumschlagplätze der Gesellschaft vor – die Supermärkte! Schon nach der letzten Pandemie ist der Prozentsatz der Zahlungen, die kontaktlos mit Geldkarte getätigt werden, enorm in die Höhe geschossen. Im Supermarkt der Zukunft wird jeder Artikel, der in den Einkaufswagen gelegt wird, von diesem gescannt. Ein Display am Einkaufswagen zeigt den Inhalt desselben und den momentanen Betrag. An der vollautomatischen Kasse passiert man eine Schranke, die sich nach dem Kontakt mit der Geldkarte öffnet. Alles geht viel schneller und für die immer fauler werdenden Menschen auch bequemer. Die ganz Bequemen lassen sich alles nach Hause bringen, über ein Kundenkonto wird der Betrag abgebucht."

„Wo bist du denn sozialisiert worden?", fragte das emanzipierte 50-Cent-Stück. „Die ersten drei Wochen nach der Zentralbank verbrachte ich im Portemonnaie einer sehr erfolgreichen Ökonomin. Da habe ich natürlich einen kompletteren Überblick als manche eher schlichte Banknote." - „Arrogante Ziege!", knurrte der Taxi-10er. „Komm her, und ich grätsche dich um", ergänzte der Fußball-5er.

Die Frau kam mit eiligen Schritten die Treppe herunter, in der Hand zwei Sparbücher, die sie auf den Prospekt legte.

„Kontostand 2.509,56€!", krächzte das eine Sparbuch.
„Kontostand 5.804,20€!", das andere.
Das ist diese bescheuerte Angewohnheit von Sparbüchern: Da sie überhaupt gar nichts erleben, haben sich nichts anderes zu tun, als andauernd ihren Kontostand herumzutröten. Ihren Kontostand und die letzte Einzahlung. „2.509,56€! Prämiensparen 150,-€ im Monat April."
„5.804,20€! Überschuss Haushalt im Monat März 271,79€!"

„Was will sie denn mit diesen Angebern bei der Bank?", fragte ich in die Runde. „Tja!", mischte sich das Prämiensparbuch ein, als ob ich es persönlich gefragt hätte, „An jedem Monatsende geht Frauchen mit uns zur Bank!" – „Genau!", übernahm jetzt das andere Sparbuch. „Und dort lässt sie sich den Restbetrag vom Girokonto herüberbuchen!", und das andere ergänzte wiederum: „Und in drei Tagen, am Monatsersten, geht sie wieder zur Bank und lässt sich bei mir den aktuellen Prämiensparstand ausdrucken!"

„Aha. Und wozu das Ganze? Das geht doch alles heutzutage übers Internet!" – „Sie will halt immer auf dem neuesten Stand sein und möchte es schwarz auf weiß! Denn das Handy oder das Internet kann ja mal nicht funktionieren. Und für diese Fälle hat man dann einen ausgedruckten Beleg in der Hand, da fühlt man sich gleich sicherer!", so das Prämiensparbuch. „Und du solltest mal sehen, wie verliebt sie uns dann ansieht, wenn der aktuelle Kontostand verzeichnet worden ist!"

Die Frau machte die Haustür einen Spalt auf, lugte hindurch; dann öffnete sie schnell den Briefkasten, zupfte die Post heraus und strich selig über einen Brief der Bausparkasse. „Zuteilungsreif!", strunzte der Brief. „Zuteilungsreif!"
Sie öffnete ihn. „Zuteilungsreif zum 30.06.. Kontostand per 01.04. ist 6.738,80€!" - Diese Angeber sind manchmal kaum auszuhalten.

„Da haben wir wieder gut gespart!", stellte die Frau befriedigt fest und lächelte stolz wie ein Suppenhuhn, das ein Ei gelegt hat, die Wand an. Dann deponierte sie den Brief in der obersten Schublade des Garderobenschrankes, strich die bereitgelegten Münzen in die Hand und dann in ihr Portemonnaie, steckte dieses zusammen mit den beiden Sparbüchern in ihre Handtasche, die beide immer noch wie ein Mantra ihre Kontostände und die letzten Eingänge herunterbeteten, griff zuletzt noch den Prospekt – vielleicht, um ihn als Beweis einzusetzen, dass dieser Artikel zu diesem Preis erhältlich sein müsse - und verließ das Haus, deren Eingangstür sie mit allen Schlössern verriegelte.

Ihr Gang war gehetzt. Als eine Bekannte sie grüßte, antwortete sie anstatt eines „Guten Morgen" mit – „Ich muss schnell zur Bank!", tippte hektisch als Erklärung auf ihre Handtasche und machte dabei ein wichtiges Gesicht mit einem gequälten Lächeln. Sie stürmte in den Supermarkt, brauchte keinen Wagen und fand sofort den bekannten Stand der Sonderangebote mit dem Duschgel zum Aktionspreis. Vier 3er-Packungen griff sie sich, dann ab zur Kasse, wo sie triumphal die abgezählten 7,96€ hinlegte, nachdem sie die Prämienpunkte auf ihrer Deutschlandkarte per Scan vermerkt hatte. Die Kassiererin zählte etwas genervt uns Münzen, dann ging es ab in die Kleingeldfächer – Kreislauf!! Schon zwei Kunden später wurde ich einer alten Frau in die Hand gezählt. In ihrer Geldbörse war generell nicht so viel los. Mit schweren Schritten ging sie nach Hause, denn ihr Enkel Pascal würde bald kommen.

Münzmythos

In meinem Leben bin ich inzwischen schon an ziemlich vielen Orten gewesen und ich muss sagen, dass die Erfahrungen, die ich mit euch Menschen gemacht habe, mir immer wieder eines gezeigt haben: Wir und ihr, das Geld und die Menschen, wir passen doch wirklich richtig gut zusammen. Und es ist immer wieder aufregend, neue Nuancen und Facetten von euch kennenzulernen – und dabei seid ihr so unterschiedlich: Mal treffe ich von euch welche, die wollen ihr Portemonnaie – und damit uns – ständig und vor aller Welt verbergen: Die sind dann auch oft verhuscht, in Gesellschaft ist ihr Lieblingsthema *innere Sicherheit und ständige Verteuerung,* und sie sind jederzeit bereit, sich zu ducken wie bei einem plötzlichen Haubitzenbeschuss, zum Beispiel, wenn jemand laut ruft: „Wer hat denn heute noch keine Runde gegeben?"

Andere von euch sind dagegen völlig freigiebig – die tragen dann neben ihrem Herzen auf der Zunge auch das Geld mit offenen Händen durch die Gegend.

Dann gibt's die, die uns ständig nachzählen, und das noch nicht einmal, weil sie die Penunsen zusammenhalten müssen, sondern eher, weil das Sparen und Horten anscheinend ihr bedeutendster Lebensinhalt ist und sie am liebsten jeden Euro noch persönlich durchbeißen möchten, damit zwei draus werden. Solche Leute – wie die Frau, von der ich euch im vorherigen Kapitel erzählte - haben manchmal ein wesentlich persönlicheres Verhältnis zum Geld als zu ihresgleichen! Uns ist das im Grunde egal, wir finden es zusammengefasst einfach gut, dass jeder, wirklich jeder von euch uns *einfach so* gut findet, ohne jedes Vorurteil oder sonst was.

In diesem Zusammenhang fand ich es einmal schon ganz schön komisch, als ich das erste Mal mit in der Kirche war. Es wurde gesungen, gebetet und es sprach jemand und alle anderen hörten zu. Ziemlich lange. Es war der Pastor, der zu einer Stelle im Paulusbrief etwas erzählte: *„Im 1. Timotheusbrief können wir in Kapitel 6, Vers 10 Folgendes lesen: **Denn die Liebe zum Geld ist eine Wurzel, aus der alles nur erdenkliche Böse hervorwächst.**"*

Oh, da wurde ich schon stutzig, hatte ich doch mein bisheriges ganzes Leben genau das Gegenteil erfahren: Dass jeder Mensch, bei dem ich war, mich eigentlich ganz schön lieb hatte. Im Anschluss an den Gottesdienst wurde ich dann in einen Beutel zu lauter Artgenossen geschmissen – Kreislauf! -, um anschließend wieder mit Liebe gezählt zu werden.
„147,80€, für Brot für die Welt, Herr Pastor", sagte die Frau, die gezählt hatte. Der Pastor nickte nicht unfreundlich. Was war hier bitte böse?

Aber da wir gerade bei der Religion sind: Ihr werdet es nicht glauben, aber wir Münzen haben auch Traditionen, Riten und unsere Heiligen. Da werdet Ihr wahrscheinlich sofort sagen: „Ha, natürlich, ihr habt eine ganze Heiligengruppe: nämlich 30 Silberlinge!" – „Ne!", sage ich dann, unsere wichtigste und heiligste Münze ist noch gar nicht so alt wie das besagte Verrätersalär, das sich ein gewisser Judas eingestrichen haben soll. Es hat mit einer alten Geschichte aus eurem 16. Jahrhundert zu tun, als die Liebe von euch zu uns zu einem geradezu lodernden Feuer wurde: Es war die Zeit der Konquistadores.

Beginnen wir mit den Azteken. Die Azteken waren, nun ja, ihr würdet heutzutage sagen, ziemliche Imperialisten – soweit das für ein Indianervolk damals möglich war, aber vielleicht ist das sogar eine uramerikanische Eigenschaft. Fest steht jedoch, dass die Azteken einen großen Gefallen daran hatten, Nachbarvölker zu überfallen, zu unterwerfen und auszuplündern. So eroberten die Azteken sich nach und nach durch Mittelamerika hindurch. Einem ihrer Nachbarn, den Zapoteken, statteten sie auch einen Besuch ab (und wie sich das für einen schlechten Besuch gehört, blieben sie auch gleich) und kamen zur Kultstadt der Zapoteken, nach Mitla.

Der Umstand, dass sie sich erfolgreich ausbreiten konnten, führten die Azteken vor allem auf die Tatsache zurück, dass sie glaubten, dass die Götter sie ziemlich gut finden würden und so das Ihre zur Unterwerfung der Nachbarvölker beitrügen. Im Gegenzug revanchierten sich die Azteken bei ihren Göttern mit umfangreichen Opferritualen, bei denen unterworfene Krieger massenhaft rituell zermetzelt wurden.

In Mitla hielten sie sich dagegen etwas zurück: Hier war ein über ganz Mittelamerika bekannter Priester beheimatet, Tarclatzma, und jedes Jahr zur Sommersonnenwende pilgerten die Menschen nach Mitla, um der Zeremonie mit Tarclatzma beizuwohnen. Just kurz vor dieser Zeremonie eroberten die Azteken Mitla, verschonten jedoch die Bevölkerung und die Pilger und nahmen an der Zeremonie teil.

Nachdem Tarclatzma den besten Stier der Stadt auf dem Opfertisch mit schnellen Schnitten in die Kehle getötet hatte, entnahm er mit pathologisch geschulter Hand Herz und Leber und biss jeweils hinein, bevor diese Organe auf den bereitgestellten Grill gelegt wurden.
Traditionell bekam der König von Mitla die Hoden des Tieres, damit sein Haus mit Fruchtbarkeit gesegnet sei, dann zerlegten Unterpriester den Stier fachmännisch, alles kam ebenfalls auf den Grill und ein jeder Pilger durfte dann ein Stück davon haben – auch eine Form des Abendmahls, gell?
Nach der Zeremonie trat der Oberpriester der Azteken nun vor den Altar. Er nickte mit düster-feierlicher Entschlossenheit Tarclatzma zu – der wusste, was nun anstand. Er nahm seine geweihte, heilige Brosche, den Ma'trabal, der das Konterfei des Gottes Quetzalcoatl zeigte, und hielt ihn gen Himmel, sprach eine Segensformel und legte die schwere Goldbrosche seinem einzigen Kind, der 12-jährigen Iquat um den Hals. Denn die heilige Münze durfte nur innerhalb der Priesterfamilie weitergegeben werden. Anschließend legte er sich auf den Altar, sein Kollege, der Aztekenpriester, ließ unter beschwörenden Worten einen riesigen Dolch durch den Solarplexus von Tarclatzma fahren, sodass Umstehende das stumpfe, wetzende Geräusch hören

konnten, mit der sich die Klinge durch den Körper hindurch in den Altarstein bohrte.

Iquat starrte starr auf die Hinrichtung ihres Vaters. Ihre Miene war ähnlich unbewegt wie die in Gold gegossene Fratze von Quetzalcoatl auf dem heiligen Medaillon um ihren Hals. Mit leisen Worten murmelte sie die Formel, die ihr Vater kurz vor dem Dolchstoß zu ihr gesagt hatte und hielt dabei den Ma'trabal fest an ihre Brust gepresst. Alle ihre Empfindungen, ihre Angst, ihre Verzweiflung, ihre Wut, ihre Ohnmacht flossen in diesem Augenblick mit dem Gebet in die heilige Brosche.

Anschließend häutete der Aztekenpriester seinen Amtsbruder und trug auf dem Rückweg zum Aztekenterritorium die Haut des einstmaligen Oberpriesters der Zapoteken über der seinen, da nach allgemein anerkannter Vorstellung die spirituelle Kraft von Tarclatzma auf ihn übergehen würde. Auf dem Rückweg an seiner Seite: Iquat. Der Aztekenpriester nahm sie mit zur heiligen Aztekenstadt Cholula, wo sie fortan als Priesterin im Huitzilopochti-Tempel wirken sollte. Für den Ma'trabal, der bis dahin über Generationen von Priesterfamilien seine Heimat in Mitla hatte, begann damit ein Bäumchen-wechsel-dich-Spiel, was ihn hochgradig erzürnen sollte..

Oma

Der kleine Pascal blätterte in einem Lego-Katalog, seine Oma saß auf dem Stuhl neben ihm am Tisch und blätterte ihrerseits in einer Illustrierten mit verknitterten Seiten.

„Kennst du schon die neuesten Avengers-Sets von Lego?" – Seine Oma sah ihn durch ihre Brille, die ihr etwas schief auf der Nase hing, mit einem fragenden Blick an. „Was für ein Set?" – „Avengers! Marvell-Avengers! Die Superhelden mit den unterschiedlichsten Kräften." Der Junge konnte es anscheinend nicht fassen, dass Oma das nicht kannte, er war jetzt ganz aufgeregt. „Da gibt es zum Beispiel Ironman! Ironman kann mit einem Spezialanzug fliegen und hat Superkräfte!" Seine Hand huschte flink über die Prospektseite und tippte auf die Figur. „Oder der unglaubliche Hulk! Wegen einem Experiment verwandelt er sich immer, wenn er gereizt wird, in ein grünes Muskelmonster." – Bestätigend tippten seine Fingerchen auf eine grüne Figur im Katalog. „Es läuft auch gerade im Kino Avengers-Endgame! Alle Superhelden tuen sich zusammen und kämpfen gegen den Schurken Thanos, hier", er griff schnell sein Handy, seine Finger huschten über die Tasten und er hielt Oma den kleinen Bildschirm vors Gesicht.

„Da kann man ja kaum was erkennen, dein Display ist ja kaputt." – „Passiert!", sagte er gleichmütig. Oma kniepte die Augen, schaute zuerst über den

Brillenrand, dann doch lieber durch den unteren Leseteil auf den Trailer, den Pascal in „meine Videos" gespeichert hatte und ihr nun vorführte. Der kleine Lautsprecher dudelte und knarzte, kurze Halbsätze von Superhelden mischten sich mit Explosionen, Zisch- und Brülllaute wechselten sich ab im rasanten Schnitt. Dazu dramatisches Orchester. Oma schaute nicht zu Ende und machte eine abwehrende Handbewegung. „Ach, da kann man ja kaum was erkennen. Das ist mir zu hektisch. Geht das den ganzen Film so?" – „Weiß nicht, hab ihn ja nicht gesehen." – „Ist denn so ein Film schon was für dich?" – „Natürlich! Ich bin doch schon 11, und der Film ist ab 12!" - „Dann darfst du ja erst nächstes Jahr rein.." - „Nein, mit Eltern darf man jetzt schon. Und Tom und Adrian aus meiner Klasse waren auch schon drin, und die sind noch jünger als ich!"
Sein Kopf wurde ein bisschen rot, Oma lächelte. „Und Papa möchte nicht mit dir reingehen?" - Der Junge seufzte und schlug und schaute auf den Katalog. „Papa sagt, das Kino ist total überteuert und ein Freund würde ihm den brennen und dann können wir den zuhause am Computer gucken."

Oma seufzte auch etwas. „Kino ist nicht billig. Ich würd' dir gern den Eintritt spendieren, aber an diesem Monatsende ist nicht soviel übrig geblieben." Sie sah hinüber zum Telefonschränkchen, das in der kleinen Wohnung an der Tür stand. Darauf hatte sie neben dem Telefon einen 5-Euro-Schein und Kleingeld abgelegt, die Münzen der Größe nach akkurat gestapelt. „8,86€!", hatte sie laut gezählt, bevor ihr Enkel kam. „8,86€!", hatte sie dann noch ein zweites

Mal gezählt und dann zu uns gemurmelt: „Noch vier Tage müsst ihr reichen!"

Der Junge schaute wieder in den Katalog. „Ich finde auch, dass ich den Film noch später sehen kann! Da kann ich mir das Geld ja auch sparen!" Er blätterte zurück auf die Ironman-Seite. „Was könntest du dir denn anstatt eines Kino-Tickets aus dem Katalog holen?", fragte Oma. Der Junge überlegte, seine Hände blätterten flink. „Nun ja", er blätterte immer noch, suchte die Seite mit den kleinen Legosachen. „Eine Kinokarte kostet am Kinotag für Kinder 8,-€, da würde man", - er blätterte - „da gibt es das Spiderman-Verfolgungsjagd-Set zum Sonderpreis von 7,99€."

Oma zog den Katalog zu sich herüber. „Zwei Männchen und ein Auto. Sonst gibt es nichts für 8,-€? Das sind doch früher 16 Mark gewesen!"- „Naja, vielleicht noch so Schlüsselanhänger. Aber die richtigen Sachen zum Bauen und Spielen sind alle teurer." - „Und was kostet das dann? 20,-€? 30,-€?"

Pascal plusterte sich auf. „Ne, ne, da kann man noch viel mehr Geld ausgeben. Schau mal hier", und dabei fanden seine Finger sofort die entsprechende Doppelseite, die er in den letzten Tagen schon so oft aufgeschlagen hatte. „Iromans Werkstatt für 59,99€! Und hier: Das Avengers Hauptquartier für 99,99€! Und das teuerste im Katalog ist das Set Super-Heroes am Flughafen für 179,90€!" - „Mein Gott!", sagte Oma, „Und das ist Spielzeug für Kinder?"- „Ja, ja, aber das find ich alles total übertrieben", sagte der Junge trotzig, „Ich finde, das braucht man alles gar nicht. Bei Star Wars kann man zum Beispiel den Todesstern für 500,-€ kaufen!" - Oma glaubte nicht richtig zu verstehen. 500,-€! Teurer als ihre Miete.

„Ich spare auf den Hulkbuster, der kostet, falls der mal beim Rewe im Angebot ist, 19,99€." - Seine Hand flog auf die Seite, der Finger tippte vorsichtig darauf. Oma seufzte und schaute auf ihr Geld. Der Junge schaute in den Prospekt. Oma langte hinüber, nahm mich und drückte mich ein wenig. Dann schob sie mich zu dem Jungen, der fuhr hoch. „Nein, Oma, das wollte ich nicht!" - „Du nimmst jetzt die zwei Euro und tust sie dir gut weg!" - „Oma, bitte. Gib mir was, wenn es dir besser passt." - „Es passt mir doch! Ehrlich! Ich hab' noch Vorräte für den Rest der Woche und ich darf ja wohl - verdammt nochmal - meinem Enkel einen Taler geben!" Der Junge nahm mich fest in die Hand und drückte seine Oma. „Danke schön, Oma." Er holte den Katalog und wies auf den Hulkbuster: „Und wenn ich jetzt noch etwas spare und der Hulkbuster im Angebot ist, dann hole ich mir den und baue ihn mit dir auf und dann spielen wir damit!" Oma lachte. „Diese Legoteilchen sind viel zu klein für meine Augen, aber weißt du was? Wir können ja jetzt auch was spielen." - „Oh ja, was denn? Kniffel?" - „Nein!", sagte Oma mit einer diebischen Entschlossenheit. „Wir machen jetzt Geld!" Und unter dem verständnislosen Gesicht des Jungen zog sie eine Schublade auf, kramte einen Bleistift und einen halben weißen Zettel hervor, schließlich eine Schere.

„Leih mir doch bitte mal das 2-€-Stück und pass mal auf." Er gab mich ihr. Oma nahm mich mit ihren kleinen, harten krummen Fingern, legte mich auf die Tischplatte, die Gravur mit der Zahl nach oben, bedeckte mich mit dem Zettel, den sie mit zwei Fingern fixierte und rubbelte mit dem Bleistift über mich. „Siehst du?" Sie rubbelte über die gesamte Gravur, zog schließlich die Ränder mit bogenförmigen Strichen mehrmals nach und zeigte den Zettel ihrem Enkel. „Jetzt haben wir Geld gemacht!", sagte sie munter. „Musst es nur noch ausschneiden!" - Der Junge lachte. „Toll. Lass mich auch mal!" - Seine kleinen Fingerchen spannten den Zettel über mich, der Bleistift bohrte sich zuerst etwas stark auf meine Gravur. „Nicht so fest!", sagte Oma. „Leg den Bleistift schräg an. Und jetzt ganz gleichmäßig rübergehen!" Die Mine rubbelte über mich, es kitzelte ganz angenehm. Ebenso wie Oma zog er die Rundung nach, wobei er zweimal abglitt. „Macht nix. Kannste ja mit der Schere genau am Rand abschneiden!", sagte Oma.

Pascal nahm den Zettel von mir herunter, legte mich auf das Blatt neben die beiden Abdrücke. „Schau mal, Oma, genau gleich. Auch diese kleine Kerbe an der Ecke!" Oma sah munter dem Jungen zu.

„Wieviel hast du denn schon gespart?" - „Naja", sagte der Junge, mit deinen 2 Euro sind es jetzt 6,17€." - „Gut! Und hier hast du jetzt schon 4 Euro mehr gemacht. Also musst du noch wie viele Münzen machen?" Der Junge zögerte etwas und rechnete. „Fünf!" - „Na dann, mal los!" Eifrig rieb er anschließend ein ums andere Mal auf mir rum. Ach, war das ulkig. Es kitzelte und es war schön, dass ich so eine Freude machen konnte. Man merkte, wie er mit jedem neuen Ansatz geschickter wurde: Rubbelte er am Anfang noch recht hart und ungestüm auf mir herum, so wurden die weiteren Versuche lockerer und fast schon filigran. Während der ersten Münzabdrücke hatte er den Bleistift zudem ziemlich senkrecht gehalten; nun hielt er ihn relativ flach, sodass die freigelegte Mine mit einem Strich mehr Fläche abdeckte und verlässlich die Konturen der Prägung von Vorder- und Rückseite, von Zahl und Adler übertrug.

Nachdem der Junge die restlichen fünf Abdrücke gemacht hatte, schnitt er alle aus und legte sie nebeneinander, mich legte er dabei in der Reihe zuerst nach links, dann in die Mitte, dann nach rechts. „Oma?" - Oma las gerade wieder in ihrer Illustrierten. „Wenn du jetzt 19,99€ hättest, für die du dir einfach etwas kaufen könntest, was würdest du dir holen?" - Oma überlegte, sie ließ ein aufgesetztes Seufzen hören und sagte schelmisch: „Natürlich einen Hulkbuster!"

Beide lachten.

Es klingelte. „Das ist Mama!" Der Junge sprang auf, Oma hielt ihn kurz am Arm fest. „Pascal, hier!" Sie nahm mich vom Tisch, drückte mich in die Hand von Pascal, der sofort eine Faust um mich machte. „Tu dir das jetzt gut weg!"

„Hallo Mama." Die Frau kam rein, sie brachte feuchte und rauchige Luft mit. „Hallo Sonja. Du bist spät? Wie war dein Tag?" - „Ach, Scheiße. Die Kinder in der Schule waren total bescheuert. Ich hatte gerade den letzten Flur fertig, da kommt so eine Horde

Fünftklässler, die draußen auf der Wiese Fußball gespielt haben, mit ihren dreckigen Schuhen genau durch den Gang gelaufen, den ich gerade fertig gewischt hatte. Ich die angeschrien, was das soll, dann geht eine Tür auf, in der die Kinder verschwinden und ein Lehrer guckt raus, sagt ,Sorry, heute ist Projekttag.'- Und zack, ist die Tür zu und ich steh da in dem dreckigen Flur." - „Das ist aber gemein", sagte Oma. „Aber das kannste auch nicht so lassen, also musste ich da nochmal durchwischen." - „Und hast du wenigstens 'nen paar Pfandflaschen gefunden?" - „Ach, nur fünf Stück. In dem Oberstufentrakt war die Hadisha, diese blöde marokkanische Schlampe, und die hat sich wieder alles geschnappt!" - Oma zischte: „Nicht vor dem Jungen solche Ausdrücke! Und außerdem versetzt dich doch mal in ihre Lage: Der geht es auch nicht besser als uns." - Sonja war jetzt in Fahrt: „Ist doch wahr! Letztens hat sie ihren Sohn mitgebracht. Der ist dann losgerannt mit 'nem Müllbeutel und hat den ganzen 2er-Trakt gecheckt! Rein in die Klasse - Mülleimer durchwühlen - in die Schränke und Ecken gucken, einsacken - nächster Raum! Ist das kollegial? Der Mesut war an dem Tag für den 2er-Trakt zuständig - hättest du mal sehen sollen, wie der die angemacht hat! Und die immer: ,Nix verstehen, nix verstehn, ist nur Kind!' Und hinterher hab' ich gesehen, wie die mit locker 15 Flaschen und Dosen abgezogen ist!" Sonja schnaufte verbittert, Oma schwieg betreten.

„Na komm, Pascal, wir müssen noch einkaufen!"

Merkur

Ihr Frauchen und Herrschen habt manchmal schon ziemlich eigenartige Vorlieben – zumindest, was die Art des Umgangs und der Aufbewahrung mit uns Münzen angeht.

Da gibt es zum Beispiel Leute – und es sind vor allem Frauchen - die haben einen reinen Kleingeldbeutel. Für uns Münzen ist so eine reine Münzgeldbörse natürlich eine schöne Gelegenheit, sich mit ganz vielen von uns über euch auszutauschen und einige Anekdoten loszulassen. Ich bin letztens mal bei einem Frauchen in so einer Geldbörse mit Klappverschluss gelandet: Hier hatte man gute Unterhaltung und wusste zudem, dass sich jeden Moment was tun kann. Denn Frauchen hatte noch eine große Brieftasche mit Reißverschluss, in der alles drin war, was wirklich richtig wichtig ist: Geldscheine, Bankkarten, Kreditkarte, Mitgliedskarten, Ausweise, Fotos, sämtliche Bons der letzten zwei Wochen, Rabattschnipsel und Aufklebeheftchen für Treuepunktaktionen, bei denen man Kochtopfsets billiger kriegt, die Stempelkarte vom Bäcker *„Das zehnte Brot umsonst!"*. Wir als Kleingeld haben da keinen Platz und so gibt es für uns in solchen Fällen eine Extrageldbörse. Und da Frauchen – wenn sie bar zahlte – immer so genau wie möglich bezahlen wollte, ging zu unserer Freude und zum Leid derjenigen, die an der Kasse hinter der Frau standen, in schöner Regelmäßigkeit das Kleingeldportemonnaie auf mit einer hastigen Floskel „5,23 hab ich auch klein" worauf eine emsige Suche begann.

Ha, ha – wir Münzen wussten dann immer sofort, ob wir genug sind oder es nicht reicht, denn ihr müsst wissen: Wenn ein ganzer Haufen von uns zusammenhockt, weiß jeder sofort unseren gemeinsamen Zahlungswert. Ist halt so 'nen Münztick.

Wenn dann Frauchen an der Kasse anfängt, das Kleingeld nach und nach der Kassiererin in die Hand zu zählen, kann man natürlich jede Menge Augenrollen und Luftanhalten bei euch, die an der Kasse dahinterstehen, beobachten. „Die Zeit, die Sie sich gerade nehmen, die stehlen Sie uns!"

Und ist dann immer doof, wenn es bei 5,23€ nach minutenlangem Zusammenraffen nur 4,98€ sind, und Frauchen dann doch einen 5-Euro-Schein umständlich aus der anderen Börse nestelt und zum Frust aller umstehenden fröhlich flötet: „Muss ich das halt so machen. Die 23 Cent hab' ich aber auf jeden Fall passend!", schnell die fehlenden Münzen zusammensucht und dann der Kassiererin reicht mit dem triumphierenden Gesichtsausdruck einer Lehrerin, die gerade bei ihrem schlimmsten Schüler einen Spickzettel gefunden hat.

Männer haben auch so einen Kleingeldtick: Die Tragen uns sehr gerne in der Hosentasche herum. Manche sind eher vornehm, haben die Scheine in einem Clip oder zusammen mit einigen Karten in einem Card-Case. In der Hosentasche wird dann nur abgezähltes Silbergeld deponiert: für die Garderobe, die Klofrau oder sonst was.

Andere, bei denen wir in der Hosentasche landen, halten es eher lässig: Sie finden es irgendwie cool, beim Bezahlen eine ganze Hand voll Kleingeld herauszuholen und das Geld abzuzählen. Wenn sie durch die Straßen schlendern, rasselt ununterbrochen das Kleingeld in der Tasche- „Hurra, Münzpogo!", rufen wir dann immer und tanzen und rumsen uns fröhlich an. Früher, als es noch keine Handys gab, spielten solche Leute auch gerne an der Bushaltestelle mit ihren Münzen in der Tasche einfach nur so herum. Taschenbillard. Aber mit Geld. Klimper-Klimper.

Es kommt aber auch vor, dass man in so einer Hosentasche sofort merkt, dass bei Herrchen kohletechnisch eher tote Hose ist. Die befummeln oft uns Münzen in der Tasche, aber nicht einfach nur so, weil sie nicht wissen, wohin mit ihren Händen, sondern um sich zu vergewissern, ob noch alles da ist und uns dann in der Tasche mit den Fingern abzählen und überlegen, ob sie sich dies oder das noch leisten können.

So fand ich mich zum Beispiel einmal in der Tasche von Armin wieder. Er war Mitte 40 und trug mich mit anderen 1- und 2-Euro-Stücken in seiner Tasche zu dem Ort seiner Sehnsucht. 23 Euro waren wir, dazu noch zwei schon etwas verknitterte 10-Euro-Scheine, die uns wegen ihrer Verknitterung mit einem s-Fehler ansprachen: „Weizß einer, wo'zß jetzßt hingeht?" – „Keine Ahnung! Kennt den Typen jemand?" – „Ich glaub, der geht wieder dahin, wo er uns fünf gestern her hatte", sagte ein 1-Euro-Stück. „Der geht wieder in die Spielhalle."

„Hey Armin!"- „Hey Dejan!" Dejan saß an einem Automaten, zeitgleich spielte er auch noch an dem links daneben. Rechts davon stand Armin und sah ihm zu.

D: „Na, haste dich erholt von gestern?"

A: „Ach, solche Tage gibt's. ich wollte heute auch gar nicht vorbeikommen, hab noch 'nen Termin. Aber ich dachte mir, dass du hier bist und da wollte ich mal Tag sagen und nach dem Rechten schauen."

„Hallo Armin." Eine Servicefrau – das einzige Personal in der Spielhalle - stand plötzlich hinter ihm. „Kaffee wie immer?"

A: „Ja, gerne." Dabei nahm er eine 2-Euro-Münze aus der vorderen Hosentasche und steckte sie vorsorglich in die hintere.

A zu D: „Wie läuft's heute bei dir?"

D: „Wie üblich! Ich gewinne!"

Armin sah auf die Monitore des Spielgerätes, das vor Dejan stand. Dejan spielte gerade *Trizoma*, fünf nebeneinanderliegende Walzen drehten sich unablässig und hielten an. Bunte Buchstaben, Farben und Symbole bildeten im Optimalfall in den drei möglichen Linien eine Konfiguration, die zu einem Gewinn führte. Auf dem anderen Gerät ließ er *Triple Flame* parallel laufen und tippte ab und zu auf erneutes Walzen, auf Einsatzerhöhung oder versuchte, die rhythmisch blinkenden Felder der Risikoleiter hochzutreiben. Je nachdem, wo er glaubte, dass ein großer Gewinn möglich sei, setzte er sich entweder auf den einen oder anderen bequemen Barhocker mit Halblehne, die vor jedem Gerät standen.

Bei *Trizoma* hatte er 56,80€ im Geldspeicher und 104,30€ in der Bank. Momentan spielte er mit 1,55€ Einsatz pro Spiel. Je höher der Einsatz, desto mehr Gewinnreihen sind möglich. Der einfache Höchstgewinn – ohne Risikoleiter – ist immer das zehnfache des Einsatzes.

A: „Sieht doch ganz ordentlich aus!"

D: „Ja, aber ist doch nur Taschengeld. In den nächsten Tagen werde ich den hier nochmal so richtig drankriegen, das sag ich dir!"

Während er mit Armin sprach, schaute er nicht auf. Seine Finger glitten und hackten unablässig und in vollkommen ökonomischer Art und Weise auf den Spieltasten herum, als hätte er sein ganzes Leben nichts anderes gemacht.

Armin bekam seinen Kaffee, setzte sich auf den Sitz neben Dejan und holte die Scheine und uns Münzen hervor.

„Na, die letzten Mohikaner?" Dejan hatte die arg zerknitterten 10er gesehen, der zweite wurde erst im dritten Versuch vom Automaten akzeptiert.

„Jaja, mittags am Monatsende in Deutschland!", scherzte Armin, entschied sich aus den 80 angebotenen Spielen für *Sindbad*, buchte von Geldspeicher zu Bank herüber und begann mit 80 Cent-Einsätzen.

A: „Wie lange warst du gestern noch hier?"

D: „Wie immer, bis zum Schluss!"

A: „Und?"

D: „Ich kann dir sagen: Manchmal glaub ich echt, die manipulieren. Kurz nachdem du weg warst, da fing dieses Muster wieder an: Immer, wenn ich auf zwei Euro-Einsatz hoch bin, hab' ich nur noch die ganz einfachen Gewinne gehabt. Und dann kam wieder diese doppelte Pärchen-Serie. Und immer dann, wenn ich genau mit Risikoleiter eingekreist hatte, kam plötzlich so ein komischer Rhythmus-wechsel! Ich sag dir: Da ist irgend so ein Programm drin, das deinen Stil ausliest!"

A: „Hab' ich auch schon von gehört. Ich hab' ges-tern auch nicht verstanden, wieso ich plötzlich im-mer bei der Risikoleiter rausgeflogen bin: Den gan-zen Tag hab ich sauber hochgedrückt, und plötzlich flieg ich bei der zweiten oder sogar bei der ersten Stufe raus!"

D, schon wieder abwesend: „Jaja, ich sag's dir. Die lesen deinen Stil aus. Deshalb spiel ich jetzt im-mer auch an zwei Geräten gleichzeitig. Da drückst du viel unregelmäßiger, dann kann der dich nicht so einfach lesen."

A: „Hat mir glaube ich auch schon mal jemand gesagt."

D: „Außerdem hab' ich 'nen Tipp aus'm Internet: Wenn du von Anfang an knapp 100€ reinwirfst, dann bucht der dich als Premium oder so ab und du kriegst viel bessere Quoten!"

A: „Echt?"

D: „Ich schwör, Alter. Guck doch auf meine Spielstände!"

Dejan wies auf Bank und Geldspeicher bei *Trizoma*. Bei *Golden Flame* war nicht soviel drin, 23,80€ im Geldspeicher, 54,20€ in der Bank.

Armin wandte sich seinem Gerät zu. Er drückte ähnlich flink wie Dejan die Tasten, es wechselte von 10€ Geldspeicher und 6,20€ Bank zu 5,50€ Geldspeicher und 14,20€ Bank. Dann erhöhte er rasch auf 2€ Einsatz. Er gewann einige Freispiele, die den Bankbetrag auf 24,80€ hochdrückten. Dann ging es wieder runter.

A: „Hier, hast du gesehen? Viermal rotes Q, aber nie in den richtigen Linien – genau wie letztens. Und jetzt pass' auf: Jetzt kommt in den nächsten zwei oder drei Spielen die Symbolreihe. Pass auf!"

Dejan sah herüber. Außer einem einfachen Kleingewinn passierte nichts. „Siehst du? Der verarscht dich wieder!" Dann rückte er auf den anderen Stuhl zu *Triple Flame*.

A: „Das war ja so völlig billig! So völlig billig angetäuscht."

Armin spielte weiter, Dejan spielte weiter. Nach einer halben Stunde war der Geldspeicher leer, die Bank auf 4€ runter. Armin nahm uns Münzen und warf uns in den Automaten, sein Geldspeicher ging auf 21€.

In diesen Spielautomaten ist es ja ein ähnliches Hochsicherheitsdingen wie bei euch Menschen am Flughafen: Man wird vermessen, gewogen und per

Fotozelle gescannt, erst dann darf man passieren. Früher, so hat mir mal der *Große Heiermann* erzählt, gab es die Geldspielautomaten nur in Kneipen. Während man ein Bierchen trank, drehten sich die drei Drehscheiben und blieben in ihrem Sichtfeld stehen. Undenkbar war es, dass man hier Geld ohne Ende reinwarf: Es gab in den ersten Generationen dieser Automaten noch nicht einmal einen Schlitz für ein 5-Mark-Stück! Das kam erst später auf, als man merkte, dass solche Automaten auch in extra dafür eingerichteten Spielotheken liefen. Dort hielt sich dann der - nun ja, nennen wir ihn: Spielsüchtige - in einem mit Glastüren abgetrennten Raum mit sechs bis acht Automaten auf, warf zehn Mark in jedes Gerät und spielte dann simultan an allen gleichzeitig. Das erhöht natürlich den Kick, wenn man die sechs- bis achtfache Möglichkeit hat, die drei goldenen 7 oder die Merkursonnen zu bekommen, um dann die Risikoleiter hochzudrücken, immer in dem Bemühen, den Jackpot des Automaten abzuräumen. Der *Große Heiermann* wusste weiterhin zu berichten, dass zu dieser Zeit Betrüger anfingen, mit Ronden – das sind ausgestanzte Metallrohlinge – an das echte Kleingeld zu kommen: 5er oder 2er-Ronde einschmeißen, ein Spiel machen und dann auf Auszahlung drücken. Diese Masche war eine Zeit lang sehr beliebt auch bei Zigaretten- und Fahrkartenautomaten, bis die Industrie weitere Prüfverfahren in einbaute. Derselbe Trick funktionierte natürlich auch mit Geldmünzen anderer Währungen: Türkische und italienische Lirastücke oder die britische 10-Pence-Münze waren wie die österreichische 5-Schilling-Münze etwa so groß wie ein Markstück. Die fanden zuverlässig den Weg in Kaugummi-, Eis- und Spielautomaten.

Der *Große Heiermann* erzählte, dass es immer ein großes Hallo und ein Riesenspaß für alle Münzen gewesen war, wenn die Kollegen aus den anderen Ländern munter in ihr Fach gekullert kamen, dem Prüfsystem noch eine lange Ziffer zeigten und dann mit den anderen Münzen ihre Lieblingsanekdoten austauschten. Heutzutage geht das zum Glück viel einfacher: Durch die Währungsunion lernt man ständig Münzen aus anderen Ländern kennen oder macht selbst mal ein Auslandssemester, was den Horizont enorm erweitert.

Mit diesen Ronden jedoch war, so der *Große Heiermann*, in keinster Weise zu spaßen. Sofort, wenn die in den Sammelbehälter fielen, verbreiteten sie Ärger, fuhren die scharfen Stanzkanten aus, raunzten alle anderen Münzen an und grummelten in der Ecke herum. Naja, sie wussten ja: In dem Moment, in dem der Behälter geleert wird, kriegt Herrchen erst mal einen Anfall, schmeißt die kleinen Betrüger vielleicht voller Wut gegen die Wand, bringt sie bestenfalls zum Altmetall oder geht mit ihnen schnurstracks zum nächsten Automaten – natürlich dem von der Konkurrenz..

Als ich mit meinen anderen 2-Euro-Münz-Kollegen durch den Geldschacht kullerte, zählte der Automat emotionslos „152, 154, 156."

„Na, du machst ja auch ganz schön Umsatz!" Als Großmünze dachte ich, dass ein bisschen Konversation mit dem Automaten ja nicht schaden könnte.

Doch der war eher gelangweilt. Nun ja, seitdem man Geldscheine in Spielautomaten hineinschieben konnte, war natürlich die Bedeutung von uns Münzen deutlich zurückgegangen. Zum Glück erlaubte der Gesetzgeber nicht wie in anderen Ländern, dass die Menschen gleich ihre Kontokarte in dem Ding dauerparkten.

„Ach,", seufzte der Automat, „ein ganz normaler Wochenarbeitstag. Und das dauernde Zählen würde ich mir ja gerne verkneifen, ist jedoch nun mal so eine Berufskrankheit."

„Und wieviel setzt du so um an einem Tag?" – „Nun ja, *Umsatz* ist das eine, *Gewinn* das andere. Es geht doch einzig darum, was am Ende des Tages im Automaten ist. Und da kann man sagen, dass von 100 Euro, die so ein Spieljunkie wie der hier in den Automaten schmeißt, mindestens 90 drinbleiben! Dann musst du die Leasinggebühr für uns, die Miete und Personalkosten abziehen und siehst am Ende, wieviel einer von uns einspielt. Verluste können wir nicht machen."

„Aber vorhin hab' ich gesehen, dass es doch immer wieder auch Gewinne gibt." – „Exakt. Von zehn Spielen gewinnt man mindestens vier. Aber die Typen verzocken das doch sofort. Der Gesetzgeber schreibt uns vor, dass wir Automaten theoretisch maximal 60€ pro Stunde einbehalten dürfen, über den gesamten Tag jedoch nicht mehr als 20€/Stunde im Schnitt. Das bedeutet, dass ich bei einer täglichen Arbeitszeit von 15 Stunden, in denen ich alle drei Stunden eine 15minütige Tarifpause machen muss, auf maximal 280€ *Umsatz* komme. Das Ganze soll die Spieler theoretisch davor schützen, sich nicht in die Insolvenz zu zocken, es führt in der Realität jedoch dazu, dass es nicht verhindert wird, sondern nur länger dauert. Und je länger man spielt, desto stärker wird das Suchtverhalten!" – „Das kenne ich!", sagte ein pfiffiges 1-€-Stück neben mir. „Ich hab schon ein paar Teenager als Herrchen gehabt. Ich sag euch: X-Box, Playstation, Onlinegames – die sind alle total auf Digitaldroge!"

Alle Münzen und auch die Scheine in ihren engen Plastiksärgen stimmten unisono zu. Der Spielautomat dozierte: „Wir Automaten funktionieren doch nach einem ganz simplen System, um die Menschen an uns zu binden: Es geht lernpsychologisch betrachtet um Verstärkungslernen durch Belohnung. Und wenn bei einem Verhalten die Höhe der Belohnung ungewiss ist und auch der Zeitpunkt der Belohnung nicht vorauszusehen ist, dann wird dieses Verhalten extrem löschresistent. Und jetzt,", und hier machte der Automat eine bedeutsame Pause, „jetzt ist es nach dem mathematisch erstellten Modell in mir an der Zeit, dass das Herrchen vor mir mal wieder kräftig angefüttert wird, passt mal auf!"

Armin spielte inzwischen mit 2€-Einsatz: Es erschienen Bilder und Symbole, die den ganzen Automaten nicht nur von außen, sondern auch von innen illuminierten! Auf den beiden 27-Zoll-HD-Screens des modernen M-Box-Modells von Merkur leuchteten in einem Stakkato aus grellen Farben und Blitzen Gewinnhinweise und Zahlenkolonnen auf, aus den Stereoboxen dröhnte ein „You've got it!", unterlegt mit einem Musikjingle, der an Piraten der

Karibik im Stile von 1001 Nacht erinnerte, die Subwoover dröhnten parallel.

„20€ und 10 Freispiele!", Armin klatschte in die Hände wie jemand, der mit einer anstrengenden Arbeit fertig geworden ist.

Dejan: „Zeig's ihm, dem Drecksack!"

„Und wie ich's ihm zeige, da kannste einen drauf lassen!" Armin buchte die 20 Euro sofort in die Bank.

„Und ich werd's *dir* zeigen!", sagte der Automat larmoyant zu uns. „Doch zuerst wird noch weiter angefüttert!" Die Freispiele liefen, im zweiten, dritten, siebten und zehnten gewann Armin weitere 12,40€, die er sofort wieder herüberbuchte zur Bank. „Das Ende vom Lied könnt ihr euch ja schon ausmalen!", sagte der Automat zu uns, der auf Autopilot umstellte. „Ich schmeiß ihm jetzt noch unvorhergesehen und in unregelmäßigen Abständen ein bisschen was hin, und in etwa genau eineinhalb Stunden steht der Typ entnervt auf, jammert was von *„dass der jetzt den einfachen Weg geht, so schlicht hätte ich den nicht eingeschätzt"* oder *„wenn dreimal Bilder-Pärchen kommt, kommt danach nie **noch** ein Bilder-Pärchen"* und verschwindet, um morgen oder spätestens übermorgen wieder hier zu sein und mich und die Leute am Nebenautomaten mit irgendwelchem Spielerlatein vollzuquatschen."

„Hör mal, das mit dem Verstärkungdingens kennt man doch auch in anderen Zusammenhängen!", sagte der pfiffige 1er. „Schaut euch doch diese Eltern im Supermarkt an, wenn die Kinder anfangen am

Spielzeug- oder Süßigkeitenregal zu krakeelen."
Und wieder brandete eine lebhafte Mitteilungswelle
auf. Jede Münze begann spontan von solchen Erleb-
nissen zu erzählen. Der Automat nickte weise.
„Seht ihr. Und genau hier liegt der Kardinalfehler:
Die Eltern kommen sich mächtig konsequent vor,
wenn sie versuchen hart zu bleiben, jedoch immer
mal wieder einknicken. Die kleinen Kinder lernen
etwas: Quengeln hilft! Zwar nicht immer, aber wenn
man konsequent quengelt, kriegt man ab und zu
was! Und ich sage euch: Genauso läuft es auch dann
zuhause. Manche zeigen ein solches Verhalten sogar
noch, wenn sie zehn, zwölf, 15, 20 Jahre alt sind.
Quengeln, quengeln, quengeln, und irgendwann
knicken die Alten ein. Vielleicht sind es sogar diese
Leute, die dann – kaum, dass sie 18 sind - vor mir
stehen und ihre zusammengequengelten Penunzen
in mich reinstecken!"
Der ganze Automat klirrte, so heftig war das Nicken
aller Münzen und die Scheine raschelten dazu.
Dann war Armin pleite. Und dann war Tarifpause
für das M-Box-Modell, die Geldkassetten wurden
von der Servicefrau bis auf den Wechselstock geleert.

„Kreislauf! Kreislauf!", und zwei Stunden später
war ich in der Hosentasche von Carsten gelandet.
Der hatte richtig Kohle..

Pedro de Alvarado

In der Zeit, als der Ma'trabal unfreiwillig von Mitla nach Cholula umzog, war Pedro Offizier unter Hernán Cortéz, und eine der herausragenden Eigenschaften, weswegen er eine so wichtige Rolle in der Eroberung Mittelamerikas hatte, lag in der Tatsache begründet, dass er ein sehr guter Soldat war. Nun ja, *sehr guter Soldat* ist natürlich eine dehnbare Beschreibung und hat mit dem damaligen Anforderungsprofil für berufsmäßige Waffenträger zu tun: Pedro war Offizier und konnte Truppen militärisch sinnvoll führen (d.h., er wusste, wie man möglichst viele von den anderen totmacht ohne dabei allzu viele eigene Männer zu verlieren), er war – natürlich – ehrgeizig und geradezu tollkühn. Und, nun ja, das dürfen wir auch noch erwähnen: von rücksichtslosester Brutalität.

Cortéz landete mit 11 Schiffen 1519 in Mittelamerika und hamsterte zunächst mal einen imposanten Goldschatz zusammen: Den schickte er zurück nach Spanien, um damit seinem König, Karl V., zu gefallen. Der konnte ein bisschen Aufmunterung in Form von Gold gut gebrauchen, war er doch im Nebenerwerb noch Kaiser des Heiligen Römischen Reiches Deutscher Nationen und musste sich mit einem aufmüpfigen Mönchlein namens Martin Luther, den Osmanen und den Franzosen rumärgern. Cortéz' goldene Post nach Spanien gefiel übrigens dem vom König eingesetzten Gouverneur von Kuba, Diego

Velázquez de Cuéllar, überhaupt nicht, denn Cortéz trieb sich eigentlich in dessen Auftrag in Mittelamerika herum und hatte sich mal eben entschieden, anstatt leitender Sekretär des Gouverneurs lieber freischaffender Eroberer zu sein. Zudem hätte der Gouverneur wohl gerne selbst den Schatz nach Spanien geschickt: Einerseits, um sich seinerseits beim König beliebt zu machen, andererseits, weil das Weiterversenden eines Schatzes ja mit Sicherheit auch mit einer Versandpauschale für ihn aus dem Schatz selbst einhergegangen wäre.

Cortéz ließ nach seiner Landung auf dem Festland alle Schiffe in der Bucht von San Juan de Ulúa versenken und erklärte dem verdutzten Expeditionsheer, dass es nur eine Richtung gäbe: ab zu den Azteken, ab ins Eldorado!

Pedro de Alvarado brannte für diese Mission: Auf den ersten Erkundungsausflügen fand er einige Ortschaften und einen Fluss, und bescheiden wie er war, benannte er sowohl Ortschaft als auch den Fluss nach sich selbst.

In der Folgezeit war Pedro immer der richtige Mann am richtigen Ort: Ein Indiostamm will nicht, dass die Spanier heilige Bestattungsstätten auf ihrem Weg durchschreiten - Pedro sorgt mit Musketen und Lanzenträgern dafür, dass der Friedhof aus allen Nähten platzt.

Das Expeditionscorps hat Hunger und die Soldaten wollen einfach mal - nennen wir es ruhig: entspannt einen wegstecken – Pedro stöbert die benötigten Ressourcen bei hilfsbereiten Eingeborenen auf.

Ein Teil der Männer murrt über den mörderischen

Weg durch den Dschungel ins Hochland Mittel-amerikas: Er lässt die Rädelsführer Spießruten laufen und engagiert fleißige Indios, die mit Freuden das Gepäck der Eroberer die Berge hochasten.

Inzwischen kommt der Tross der Pilgerstadt Cholula immer näher und die Expedition hat längst eine unaufhaltsame Eigendynamik aufgenommen: Jeder Mann hat schon die eine oder andere Kette, Schelle, Brosche, einen Armreif oder einen kleinen Götzen aus Gold in seinem Gepäck. Alles Dinge, die die Eingeborenen, die von den Spaniern vom lebenden in den toten Zustand gebracht worden waren, ja nun nicht mehr benötigten. Gold, Gold, Gold, und jetzt geht es zu einer der größten Städte, die es damals auf dem amerikanischen Kontinent gab: Die Armee von Cortéz, nur ein paar hundert Mann, zieht nach Cholula. Die Stadtbewohner dort sind nicht gerade erfreut, Cortéz lagert vor der Stadt und die Versorgung seiner Männer läuft eher mäßig. Es sind gerade viele Pilger unterwegs zum Tempel und die Azteken haben nun den Fokus auf rituelle Handlungen gelegt, anstatt irgendwelche Eroberer aus Europa durchzufüttern. Diese Eroberer haben nun ihrerseits noch ein paar Leute mitgebracht: genauer gesagt Tlaxcalteken, die zu den Azteken ein ziemlich angespanntes Verhältnis haben, und noch genauer gesagt: Die *paar Leute* sind mehr als 1000. Übrigens alles Männer. Mit Waffen.

Als eine Abordnung mittlerer und unterer Priester zu den Spaniern kommt, ergreift Pedro de Alvarado die Initiative: In einem längeren Frage-Antwort-Spiel, in deren Verlauf die Priester erst ihre Fingernägel, dann ihre über Feuer gerösteten Fußsohlen und schließlich das Leben verlieren, offenbaren sie den Spaniern, dass deren Anwesenheit in Mittelamerika inzwischen als unerwünscht gilt und daher ein Heer von 20.000 Mann auf dem Weg nach Cholula ist. Alvarado ist in dieser Situation Zweckoptimist: Die Spanier arrangieren ein Bankett für die Oberschicht der Stadt, schließen die Türen und metzeln alle nieder. Da man gerade dabei ist, entfacht sich ein Blutrausch: In mordenden Trupps strömen die Spanier und die mit ihnen verbündeten Tlaxcalteken durch die Straßen der Stadt. Alvarado selbst dirigiert seine Gruppe in Richtung des Huitzilopochti-Tempels: Denn wo die Hohepriester sind, ist das Gold!

Als er die Haupthalle mit bluttriefendem Säbel betritt, räumen seine Soldaten die lächerlichen 20 Wächter des Oberpriesters professionell beiseite: Dieser steht vor dem Altar, auf dem Iquat liegt, als Opfer für die Götter, um den Angriff der brutalen Fremden zu beenden. Der Priester macht das Mädchen für das Unglück, das über die Stadt gekommen ist, verantwortlich und will sie dem Gott ihrer Brosche, Quetzalcoatl, opfern.

Iquat hält wieder den Ma'trabal fest umklammert und sendet all ihre Spiritualität in die heilige Brosche, ganz genau so wie bei der Hinrichtung ihres Vaters. Ein Musketenschütze rettet ihr kurz das Leben, als seine Kugel den Hals des Hohepriesters zerfetzt.

Anschließend geht Pedro de Alvarado auf sie zu, blickt ihr tief in die Augen und reißt ihr den

Ma'trabal aus den Händen. Dann zwinkert er seinen Männern mit einem Lächeln zu, die schon wie ein Löwenrudel um ein junges Gnu um Iquat, die noch immer auf dem Opferaltar liegt, herumkauern: Das ist der Startschuss.

Pedro steht an einem Fenster, schaut abwechselnd auf das Inferno – sein Inferno - das in der Stadt tobt, auf diese außergewöhnliche Brosche und auf seine Männer, wie sie Iquat vergewaltigen. Die junge Priesterin murmelt irgendetwas, es sind Gebete: Mit starren, durchdringenden Augen blickt sie Pedro de Alvarado an, was gerade mit ihr geschieht, nimmt sie anscheinend gleichgültig hin. Der Achte und Letzte, der sich an ihr vergeht, hat den Spitznamen Collector de los Tittos - Tittensammler. Er schneidet ihr eine ihrer kleinen Brüste ab. Als Andenken. An seinem Gürtel hängt schon ein Dutzend davon.

Iquat verzieht kaum eine Miene, murmelt ihre Gebete und fixiert Pedro, der nun zu ihr tritt: Ihre Beine vor ihm grotesk auseinandergespreizt, Blut rinnt aus der großen Wunde, die einmal ihre rechte Brust war. Ihr Blick verändert sich noch nicht einmal, als er ihr eine Hellebarde in die Vagina stößt.

Als er die Brosche, die er für den tödlichen Stoß zur Seite gelegt hat, wieder aufnehmen will, zieht er seine Hand reflexartig zurück: Hat er sich gerade verbrannt? Er blickt unwillkürlich zu Iquat, deren Blick immer noch auf ihm ruht, unbewegt, eindringlich - solange, bis er bricht.

Er berührt vorsichtig die Brosche – kein Problem. Eine normale fette goldene Brosche mit einer hässlichen Fratze irgendeines Heidengötzen. Er steckt sie ein, nimmt eine Fackel von der Wand und bedeutet seinen Männern, die die umliegenden Leichen um ihren Goldschmuck erleichtert haben, dasselbe zu tun.

Der Tempel brannte zwei Tage lang und wie ein Lauffeuer verbreitete sich die Nachricht vom Massaker von Cholula.

Pedro de Alvarado hatte inzwischen neue Pläne: natürlich galt es in näherer Zukunft, sich weiter und weiter durch das Aztekenreich zu metzeln um schließlich der spanischen Krone und der heiligen katholischen Kirche dieses an Gold und bekehrungswerten Seelen so reiche Land zu sichern.

Einen strategischen Zweitplan hatte er jedoch auch noch zur Hand, bei dem es um seine persönliche Karriereplanung ging, doch den ersonn er erst, nachdem sich einige Missgeschicke einstellten: Seitdem er die Brosche, den Ma'trabal, an sich genommen hatte, lief die Expedition nicht mehr so rund wie bisher. Auf ihrem Weg durch das Hochgebirge zu weiteren Aztekenstädten stürzten genau vor ihm vier Soldaten einen Abhang herunter, da sich ein Teil des Weges, anscheinend aufgeweicht vom vorherigen Regen, einfach Richtung Schlucht verabschiedete. Ein weiterer Soldat wurde von einem herabfallenden Stück Felsen getroffen. Die gesamte Schulter war zerschmettert, der Arm hing nur noch an wenigen Sehnen am Körper, am nächsten Tag war er tot.

Zwei weitere Männer bekamen schweres Fieber, halluzinierten vom jüngsten Tag und Gottes Strafgericht über sie, die zur ewigen Verdammnis verurteilten Sünder.

Schließlich kam noch ein weiterer Mann um, es war Colletor de los Tittos. Er wurde von einer Schlange gebissen und krampfte und wandt sich eine halbe Stunde lang vor seinen hilflosen Kameraden auf der Erde, bis er im Todeskampf Pedro mit grotesk entstelltem Gesicht – eher eine fast explodierende Fratze – unerbittlich fixierte und dann erstickte.

Da war für Pedro de Alvarado klar: Es liegt ein Fluch über dieser Expedition, und dieser Fluch hatte mit ihm zu tun und würde ihn auch als nächsten ereilen!

Denn alle Männer, die binnen einer Woche gestorben waren, waren exakt diejenigen, die mit ihm den Tempel entweiht, den Priester getötet und das Mädchen geschändet hatten! Und dieses verzerrte Gesicht, diese Maske entstellten Menschentums, mit dem sein zuletzt verstorbener Soldat ihn bedachte – was war es anderes als die Fratze von diesem seltsamen Dämon, dessen Konterfei die Brosche des Mädchens zierte!

Zwei Dinge galt es nun zu tun: Vom Feldkaplan ließ er in einer Zeremonie ein Kruzifix weihen, zog sich damit in eine Hütte zurück und betete und fastete dort drei Tage heftig, eine kleine Geißelpeitsche leistete ihm Gesellschaft. Und dann war da ja noch diese Brosche: Er ließ den Schmied kommen. Dieser wurde beauftragt, eine Gussform anzufertigen, um aus der Brosche eine einzige große goldene Münze zu gießen. Diese Münze sollte auf der einen Seite die Prägung „AD 1519 Cholula" besitzen, auf der anderen Seite das Konterfei von Diego Velázquez de

Cuéllar, des Gouverneurs von Kuba, den Cortéz hintergangen hatte.

Denn Diegos Rechnung war einleuchtend: Er selbst, so dachte er, habe sich durch Gebete und Buße genügend von Sündentaten gereinigt. Die seltsame Brosche ist zerstört, oder besser: transformiert, und würde so von ihrer Hexenkraft verloren haben. Diese neu gegossene, schwere Goldmünze im Gewicht und Wert von 20 spanischen Golddublonen wollte er zusammen mit einem Schreiben an Diego Velázquez de Cuéllar schicken und sollte vom Gouverneur als Zeichen von Pedro de Alvarados (heimlicher) Gunst und Ehrerbietung angesehen werden.

Käme Cortéz dahinter und zöge ihn zur Rechenschaft heran, so würde er Stein und Bein darauf schwören, dass er diese verfluchte Münze mit Absicht an den Gouverneur geschickt habe, damit der Fluch auf diesen überginge.

Und so sandte er einen Vertrauten mit einem kleinen Geleittrupp, der Goldmünze und einem Schreiben an den Gouverneur, in dem zufällig auch noch der Aufenthaltsort von Cortéz erwähnt war.

Diesem Trupp war das Reiseglück beschieden: Schneller, wesentlich schneller als erwartet gelangte man an die Ostküste, fand auch gleich eine schnelle Brigg und günstigste Winde und auf Kuba den erzürnten Gouverneur Diego Velázquez de Cuéllar, der von Cortéz' eigenmächtigem Handeln auf Rache brannte, eine kleine Armee ausgehoben und im Begriff war, in See zu stechen. Als dem Gouverneur der in Münzform gegossene Ma'trabal nebst persönlichem Anschreiben von Pedro de Alvarado überreicht wurde, betrachtete er das große Goldstück hocherfreut. Wie alle adligen Spanier war er sehr bescheiden und daher außerordentlich geschmeichelt, sein Konterfei auf dieser stattlichen Münze zu erblicken. Dieses Gold, so dachte er, ist nur der Anfang von einem ganzen Raum - ja, einem ganzen Ballsaal voller Gold, den er einst auf Kuba haben werde.

Beim Auslaufen seines Heeres, das Cortéz' Truppen niederschlagen und den rebellischen Sekretär festnehmen sollte, stand er auf der Kaimauer und winkte seinem Expeditionsleiter, Pánfilo de Narváez, auf seinem Flaggschiff zu. So ergriffen war er von seiner Entschlossenheit und seinem zukünftigen Reichtum, dass er alle Etikette fahren ließ und die Münze, die er jetzt stets bei sich trug, in den strahlend sonnigen Tag hielt, ganz so, als wolle er Pánfilo damit sagen: „In hoc signo vinces!", frei übersetzt: „Komm mir bloß nicht ohne Gold nach Hause!"

Nicht unweit von ihm stand der Pater unter einem Sonnenbaldachin, der von vier Messdienern gehalten wurde. Er schwenkte Weihrauch, murmelte Gebete und segnete Kanonen, Musketen und Schwerter des Expeditionsheeres. Mit einem strafenden Blick bedachte er den Gouverneur, der, als er dies bemerkte, sich unverzüglich beherrschte, die Münze sorgfältig in seinem Revers verstaute und sich brav dreimal bekreuzigte.

Pánfilo de Narváez' Auftrag war einfach: Mit 18 Schiffen und 1200 Mann sollte er zuerst Cortéz und dann diesen goldgeschmückten Wilden zeigen, wer in Mittelamerika die Hosen anhat.

Doch das Kriegsglück war ihm alles andere als holt: Cortéz hatte von des Gouverneurs Grimm und auch dessen Plan erfahren und war seinerseits mit einem Großteil seiner Truppen aus der inzwischen erreichten Hauptstadt der Azteken, aus Tenochtitlan, Richtung Küste gezogen und hatte Pedro de Alvarado mit einer Kompanie von 150 Mann in der Stadt zurückgelassen.

Der gute Pánfilo wurde mit seinen Truppen buchstäblich mit heruntergezogener Hose erwischt.

Nachts in einem Feldlager bei Cempoala schliefen sie selig und träumten vom Gold der Azteken oder erklärten gerade einem jungen Indianermädchen, was christliche Nächstenliebe praktisch bedeutet. Pánfilo und mit ihm der Gouverneur verloren die meisten ihrer Leute, die sich in Aussicht auf reiche Schätze spontan Cortéz als neuem Arbeitgeber anschlossen, Pánfilo kehrte nach Santiago de Cuba zurück mit einer Hiobspost für den armen Diego.

Um der Chronistenpflicht genüge zu leisten - denn es geht hier ja eigentlich um den Ma'trabal, der nun in Form eines Goldstücks beim Gouverneur weilte - sei noch kurz der weitere Werdegang des eifrigen Pedro de Alvarado beschrieben: Er nutzte Cortéz Abwesenheit in Tenochtitlan, um in der Aztekenhauptstadt nach bewährter Manier Politik zu machen: Ähnlich wie in Cholula ließ er bei einem Festakt zu Ehren der Spanier, die von dem wankelmütigen König Moctezuma II. irrtümlicherweise für Boten des beleidigten Gottes Quetzalcoatl gehalten wurden, die anwesende unbewaffnete Oberschicht der Azteken niedermetzeln. Begreiflicherweise entfachte der feige Mord an etwa 3000 angesehenen Aztekenbürgern großen Unmut in der Bevölkerung, woraufhin es schlicht Krieg gab. Pedro und seine Männer verbarrikadierten sich in den palastgemächern und wurden belagert.

Dank Cortéz' Rückkehr und den Pocken gelang den Spaniern schließlich ein tüchtiger Genozid. Die meisten seiner Soldaten, die dabei den Tod fanden, wurden übrigens nicht direkt in kriegerischem Handgemenge getötet, sondern sie ertranken in den Kanälen der Stadt, da sie von ihren prall gefüllten Goldbeuteln Richtung Erdmittelpunkt gezogen wurden.

Pedro mordete und plünderte nun munter weiter in Mittelamerika, und dies mit solcher Tüchtigkeit, dass er dafür mit dem Gouverneursposten von Guatemala belohnt wurde.

Doch dies reichte ihm noch nicht. Schließlich gab es im Süden das Inka-Reich, an dem Francisco Pizarro, ein anderer spanischer Weltenbummler, schon munter knabberte. Er investierte den Großteil seines mühsam zusammengetöteten Vermögens, nahm sogar Kredite auf und stellte Schiffe mit einem Expeditionsheer zusammen, um auch den Inka das Christentum, die Pocken, die Syphilis und das schnelle Jenseits zu bringen.

Doch obwohl er sich vom Ma'trabal, dieser verfluchten Brosche von dem Priestermädchen, längst getrennt hatte und nach wie vor das geweihte Kruzifix trug, mit dem er jeden Abend artig betete, war ihm das Glück nicht holt: Militärisch war Pizarro, der mindestens genauso tollkühn und wagemutig und schlachtenerfahren und grausam war wie er, nicht beizukommen, also musste er verhandeln: Während dieser Verhandlungen erwarb Pizarro heimlich die Schuldscheine Alvarados und hatte ihn damit in der Tasche – hihi, eine frühe Form der feindlichen Übernahme!

Mit einem Trostpflaster von 1000 Goldstücken trat er mit hängenden Ohren und ansonsten ziemlich pleite die Heimreise an. Hier versuchte er mit seinem eigentlichen Beruf – dem Töten – wieder zu Reichtum zu gelangen, wurde jedoch leider während einer Schlacht von einem taumelnden Pferd einen Abhang runtergeschubst: Zuerst kullerte er herunter – dann das Pferd, das mit seinem Gewicht von einer halben Tonne ihn überrollte und dann glücklich zum Stehen kam.

Neben gebrochenen Rippen, Armen und Beinen hatte sich dabei das Kruzifix in seinen Brustkorb gebohrt, nach ein paar Stunden hatte sich das Leben aus Pedro de Alvarado verabschiedet – shit happens!

Rewe

Pascal stieg aus dem Auto, seine Mutter nahm aus dem Kofferraum eine Plastiktüte mit den Plastikflaschen, die sie aus der Schule mitgebracht hatte, kramte einen Einkaufschip aus der Hosentasche und gab ihn dem Jungen. Pascal holte einen Einkaufswagen, er ging schnell, denn es regnete, kurz vor dem Betreten des Marktes ließ seine Mutter die Zigarette auf den nassen Gehweg fallen und trat darauf.

Ein ebenfalls rauchender Mann, der im Eingangsbereich wartete, strich mit seiner Zigarette über das Gitter eines großen Aschers, der vor dem Rewe stand, steckte den Stummel in die gähnende Öffnung und kam ihr entgegen. „Hallo Papa", sagte Pascal.

„Geh du schon mal und bring die Flaschen zum Automaten", sagte seine Mutter zu ihm. „Holt ihr mich beim Lego ab?" – „Ja."

Pascal schnappte sich die Tüte mit den Flaschen und ging den bekannten Weg in die Getränkeabteilung. Zum Glück war gerade niemand beim Automaten, er konnte sofort die Flaschen – ISBN-Code am besten nach oben links – eine nach der anderen in das Eingabefach stecken.

Mit einem elektronischen Piep öffnete sich nach der Prüfung jeder Flasche die Luke, die Flasche wurde in den Sammelbehälter gekickt, auf dem Display erhöhte sich der Betrag – 0,25€, 0,50€, 0,75€ - bis Pascal schließlich alle acht Flaschen eingegeben hatte und 2,00€ angezeigt wurden. Er drückte den Knopf, der den Vorgang beendet, die Quittung wurde ausgedruckt. Seine Finger waren etwas klebrig, weil eine Flasche mit Eistee nicht ganz leer und in der Tüte ausgelaufen war. Er steckte den Zettel zu mir in die Hosentasche und lief schnell zum Lego-Regal. Er überflog die Playmobilregale, ging etwas langsamer an Lego Star-Wars und Nexo-Knights entlang, um dann endlich den Abschnitt mit dem Marvell-Superhelden-Thema zu erreichen. Eine Packung nach der anderen musterte er, er kannte sie vom letzten Mal, als er hier war, und vom Mal davor. Als er an die Stelle kam, an der die Hulkbuster-Kartons standen, wurde er ganz aufgeregt: Ein gelbes, übergroßes Schild war über dem Regal an der Stelle angebracht, an der der Preis des entsprechenden Produkts steht. Hier wurde in großen Lettern geworben: *Lego-Marvell-Hulkblaster SONDERANGE-BOT jetzt für 19,99€.*

Hastig nahm er die Packung heraus und spähte in das Regal: Insgesamt waren nur noch drei Packungen da! Nur drei!! Und wer weiß, ob die nicht schon heute Abend ausverkauft sein würden!

Sein Herzchen pochte. Er stellte die Packung zurück ins Regal, seine Hand fuhr in die Hosentasche, rieb an mir, als wollte er mich – wie vorhin bei Oma mit dem Bleistift – quasi mit den Fingern abpausen und vervielfältigen. Er nestelte am Pfandbonzettel, nahm ihn heraus, las „2,00€" und steckte ihn wieder zu mir. „6,17€ in der Spardose und 2 sind 8,17€. Es fehlen also noch", - eine kleine Pause- , „11,82€!"

Er seufzte.

„Kann ich mal?", unvermittelt stand ein Junge neben ihm. Er erschrak, stellte wie verstohlen den Karton zurück und machte Platz.

Der Junge war etwa so alt wie er. Er trug eine Skaterkappe und einen Trashers-Hoodie. Neben ihm ein weiterer Junge, auch Skater-Kappe und eine Snipes-Camouflage-Jacke. „Hier schau mal, ist auch noch im Angebot!" Er griff zum Hulkbuster-Karton. „Für'n Zwanni! Da haben wir was gespart, was?" – „Ja, aber das stand doch auch in dem Prospekt."

„Ja, wie meinste das jetzt?" – „Wir schenken zum Geburtstag doch immer für 15,-. Aber wenn wir beide ihm das zusammen schenken, sind's ja nur 10,-."

„Ja und? Er sagte doch, *von euch den Hulkbuster wär cool!* -Und jetzt kriegt er den von uns beiden und damit gut!" – „Aber er weiß doch bestimmt, dass der in dieser Woche im Angebot ist. Und dann schenken wir ja nur für 10!"

„Na und?" – „Das sieht doch doof aus. Andere schenken ihm 'nen Umschlag mit 15, und wir kommen mit jeder für 10 an."

Der mit dem Trashers-Hoodie rollte etwas die Augen. „Pass auf: Dann holen wir jetzt noch 'ne Tüte Chips und irgendwie noch für sechs bis sieben Euro Süßigkeiten, und dann kommen wir auch auf 15 pro Nase!"

Die Camouflage-Jacke nickte. „Alles klar!", und griff zum Karton, gab ihm seinem Freund und nahm einen weiteren!

„Was machst du?", fragte Trashers. „Für 20 nehme ich den Hulkbuster doch gerne für mich selbst mit, Opa hat mir gestern was zugesteckt."

‚Alle Achtung!', dachte ich. So 'nen flüssigen Opa kann jeder gebrauchen.

Beide drehten um, hatten Pascal die ganze Zeit nicht einmal angesehen.

Er sah ihnen nach: Den beiden Packungen in den Händen der beiden Jungen, die beide dieselben momentan tierisch angesagten weißen Skaterschuhe hatten mit den leuchtend roten Sohlen.

Er sah ins Regal: Eine Packung war noch da. Eine Packung! Seine Packung! Er überlegte kurz, dann nahm er sie aus dem Regal, kniete sich zwei Meter weiter links zur untersten Regalebene und platzierte den Karton ganz hinten, hinter dem klobigen, riesigen Lego-Duplo-Karton mit dem Bauernhof.

Er ging die Regale ab und suchte nach seinen Eltern. Seine Hand prüfte unentwegs, ob ich noch da bin, zog wiederholt den Pfandbonzettel raus. „Eigentlich müsste ich den Bon behalten dürfen, ich darf ihn ja öfter behalten, als Taschengeld."

Er fand seine Eltern in der Getränkeabteilung. Sein Vater hievte gerade einen 6er-Träger mit 1,5l-Flaschen JA-Eistee in den Wagen. Ansonsten befanden sich darin

- 8 schwarze Halbliter-Dosen Bier,
- 4 Packungen Miraculi-Nudeln mit Fertigsauce,
- 5 Joghurts aus dem Angebotsregal,
- 2 Packungen Margarine,
- 1 Toastbrot und 1 Graubrot geschnitten,
- 1 Packung JA-Goudascheiben,
- 1 Packung JA-Salami,
- 1 Packung Fertigfrikadellen,
- ein 6er-Pack Äpfel.

„Hier Mama.", er streckte ihr die Hand mit dem Pfandbon entgegen. „Ist schon gut, steck ihn ein." – „DANKE!" – „Dafür haben wir mal wieder Miraculi-Tage!", sagte sie und deutete auf den Wageninhalt, er sagte: „Ist nicht schlimm, ich find das gut!" Sein Vater zu ihm: „Hol doch noch eben 'ne Tüte Chips und 'ne Tüte Flips!" – „Die von Chio?" – „Nein, von JA.", „Ja, von NEIN?", rief Pascal munter, sein Vater schmunzelte und erwiderte prompt: „Nein, von JA!" – „Also NEIN von JA!" – „Ja! Von JA. Und nicht von NEIN!" Alle drei lachten. „Ja, alles klar! Von JA!", sagte Pascal. Ein lustiges Ritual.

Auf dem Weg zur Kasse verschmolz Pascal wieder mit seinen Eltern, warf die Tüten in den Einkaufswagen. Sie blieben im Hauptgang stehen, der Vater wies auf einen riesigen Flachbild-Fernseher: „Schau mal, Mäuschen, wär' der nicht cool?" – „Wie kommst du jetzt drauf?" – „Ja schau mal das Angebot!" – „Wo sollen wir bitte mal eben 649,-€ hernehmen?" – „Nein! Guck doch das Ratenangebot! 29,99€ für 24 Monate!!" Die Mutter schwieg und überlegte. „Cool is' der natürlich. So richtig geil groß! Und HD und DVD-Player integriert und mit allem Zipp und Zapp. Aber ich weiß nicht." – „Schau mal: Seit zwei Monaten bringen wir doch jetzt die Prospekte immer rum, da kommt doch genug zusätzlich rein." – „Das Geld wollten wir doch dazu verwenden, um mal dauerhaft aus dem Dispo rauszukommen." – „Kommen wir doch auch. Wir verdienen damit doch mehr als diese 29,99€ im Monat." – „Aber zusätzlich wissen wir, dass in 'nem halben Jahr der TÜV fällig ist und dass wir am Auto unbedingt was machen lassen müssen." Der Vater ließ nicht locker: „Aber ich kann doch mit dem Marcel ganz viele Sachen selbst machen." – „Ja, das hast du auch schon gesagt, aber Bremsbeläge und Auspuff müssen ja auch gekauft werden!" Jetzt schwieg er. Seine Blicke huschten über die riesige, bunt-schillernde Fläche, den glänzenden schwarzen Rahmen, den konkaven Standfuß.

„Wir können doch auch erst mal im Internet gucken, ob das Angebot wirklich so gut ist!", mischte sich Pascal ein. „Das ist doch 'ne gute Idee!" – „Ja genau,", sagte der Vater munter. „Und weißt du, was? Wenn wir dann einen neuen Fernseher holen, dann kann unser alter ja bei dir ins Zimmer!" Pascal bekam einen Freundenschreck, seine Mutter mischte sich ein. „Also, das finde ich jetzt nicht so gut. Der guckt dann den ganzen Tag in die Kiste oder spielt mit der PS2."- „Das können wir dann ja besprechen, wenn wir den Neuen holen!"

An der Kasse legten Mutter und Pascal die Einkäufe auf das Band, der Vater griff nach einer Dose Tabak für 15,95€ und legte sie dazu.

Die Mutter erschrak, flüsterte: „Michael, das geht nicht!" – Der Vater zeigte ein unverständiges Gesicht. „Wie?" – „Ich hab' das Konto gecheckt und wir haben den Dispo schon wieder durch!" Michael wurde sauer: „Du willst mir jetzt nicht sagen, dass ich mir keine Fluppen kaufen kann? Was ist denn mit Bargeld?" Pascal schaute etwas bedröppelt, seine Blicke glitten über die bunten Playmobil-Kartons für 3,99€ und 4,99€, die entlang des Warenbandes platziert waren.

Früher, hatte mir mal der *Große Heiermann* gesagt, waren das immer echte Highlights, wenn Mütter mit Kindern an der Kasse waren: Duplo, Mars, Snickers, Bounty, Raider – da lagen sie hübsch nebeneinander und winkten freundlich und verlockend jedem Kunden – und vor allem den Kindern - zu. Als Heiermann war man der Souverän über diese Situation. Nölte, kreischte und randalierte ein Kind erfolgreich, wurde halt ein Riegel aufs Band gelegt, der kostete dann 60 Pfennig. Da war man als Heiermann völlig gelassen, denn das war eine Sache für das Kleingeld. Und heute? Da gibt es an der Kasse nicht mehr diesen Kleinkram – da wird gleich ein Playmobilpüppchen hingesetzt; 3,99€!!! Da sieht man heutzutage als sogenannte Großmünze, die ich ja schließlich bin, ziemlich alt aus! Selbst bei den Kaugummis, die an der Stirnseite der Kasse platziert sind, würde ich lediglich für die JA-Dose mit 50 Kaudragees reichen – 1,99€.

In was für Zeiten leben wir? Da kann man sich nur noch in den Alkohol flüchten, der zuverlässig im Kassenbereich angeboten wird: Ein kleiner Flachmann Doppelkorn lacht einen da auf Gesichtshöhe für 1,19€ an, daneben Wodka oder Williamsschnaps für 1,79€ oder gar Pfefferminzlikör für schmale 96 Cent - dafür reiche ich also noch! Oder einer dieser Klopfer! An einer Penny-Kasse hab' ich mal Wodka-Feige im Angebot gesehen für 38 Cent!! Da hätte man für mich gleich fünf von den Dingern gekriegt und einen schönen Vormittag gehabt. Passenderweise war der Penny auch in nächster Nähe zu einem Gymnasium.

Pascals Blick wanderte weiter zum größten Playmo-
bilkarton am Kassenband: Irgendwas mit einem
Einhorn und einer Fee und daneben eine Familie –
Vater, Mutter, zwei Kinder - auf einem Tretboot für
jeweils 12,99€. Er überlegte in diesem Moment, dass
er noch nie Tretboot gefahren war.

Dann erschrak er: Hinter dem roten Warentrenner,
der auf dem Förderband lag und ihren Einkauf be-
grenzte, wurden zwei Hulkbuster-Kartons sportlich
aufs Band geschubst, es folgten eine extragroße
Chipsfrisch-Tüte und eine große Haribo-Box *Saure
Stäbchen*. Mit coolem und etwas gelangweiltem Blick
guckten ihn die Jungs an, dann zu seinen Eltern.
Pascal wich ihrem Blick aus.

„Ich hab' insgesamt vielleicht noch 'nen Zwanni im
Portemonaie", hörte er seine Mutter zischen, das
Band mit den Waren ruckelte vor, die Kassiererin
begann die Ware zu scannen. „Was kostet das denn
alles hier?", fragte der Vater und zeigte mürrisch auf
den Einkauf. „Zusammen halt so 15", erwiderte die
Mutter in einem Zischen, mit dem sie ihm gleichzeitig bedeuten wollte, leise zu sein.

„OK!", mit betonter Wut nahm der Vater die Dose
Tabak, „Macht mal kurz Platz!", sagte er zu den
beiden Jungen und stellte sie krachend zurück ins
Regal. Mit einem Schnauben klopfte er auf die An-
forderungstaste der Zigarettenpackungen, wenig
später spuckte die Mechanik eine 25er-Packung
Lucky Strikes für 7,-€ auf das Förderband. Noch
bevor die Mutter intervenieren konnte, zog die Kassiererin die Packung als letzten Artikel über den
Scanner. „Das macht dann 25,43€!"

Die Mutter seufzte und sammelte hektisch in ihrem Portemonnaie das Geld zusammen. Ein Zehner, ein Fünfer, Münzen. Pascal hatte eine Hand in der Hosentasche und drückte mich. Die Mutter seufzte. „Was hast du denn noch, Michael?" Der Vater klopfte etwas lasch seine Taschen ab. „Ach, ich hab' meine Geldbörse im Auto. Hier, ein paar Münzen!" Er gab seiner Frau 2,35€, sie gab es der Kassiererin. Pascal merkte, wie der eine Junge dem anderen einen Stups gab. Pascal drückte mich noch fester, als ob er mich gleichzeitig halten und verbergen wollte. „Ach,", sagte die Mutter, die immer noch hektisch das Geld zählte, als würde sie es durch mehrmaliges Nachzählen vermehren können, „ich glaub ich hätte vorhin nicht beim Tanken bar zahlen sollen."
Die Kassiererin machte einen mitleidigen ‚Ach-die-Nummer-schon-wieder'-Blick. Pascal ließ mich plötzlich los, er nestelte mit seinen Fingern an mir vorbei und zog seine Hand schnell heraus.
„Mama, ich hab' doch noch den Pfandbon!" – „Ach ja sicher, Danke!" Pascal war ein bisschen stolz, der Vater strich ihm übers Haar, während er sich mit der anderen Hand die Zigaretten in die Tasche steckte. Pascal hörte, wie sich die Jungs hinter ihm ein Kichern verkniffen. Er drehte sich nur halb um. Sein Blick fiel auf die Hände des Jungen mit der Snipes-Camouflage-Jacke, er klappte seine Nike-Geldbörse lässig auf; aus dem Scheinfach lugten zwei Zwanziger und ein Zehner hervor.
„Hier!", seine Mutter reichte ihm das Wechselgeld, 32 Cent.

Glenfiddich

Carsten stürmte genervt die breiten Stufen des Treppenhauses hinauf, acht Stufen bis zur Zwischenetage, acht Stufen 1. Etage, acht Stufen zweite Zwischenetage, elf Stufen 2. Etage. Oben angekommen legte er seinen Daumen auf den Türscanner. Mit einem feinen Surren öffnete der Schließmechanismus, die dickwandige Tür mit zwei Dämpfungslamellen seufzte mit einem freundlichen Atmen beim Aufschwingen. „Scheiß Aufzug!", schimpfte er.

Carsten ließ die Tür rasch wieder ins Schloss fallen und ging durch den mit Eichenbohlen ausgelegten langen Flur. Auf dem Weg in die Loft ließ er den Autoschlüssel und ein kleines Card-Case, in dem nur Platz für Kreditkarten und Scheine waren, auf einen hüfthohen Porzellanmohren fallen, der eine dafür vorgesehene Schale über dem Kopf hielt. In der Schale waren noch zwei andere Autoschlüssel.

„Alexa, spiel Lounge-Musik!" Unmittelbar darauf suchte sich ein unaufdringlicher Beat, der aus sämtlichen Ecken des großen, sich in mehrere Halbetagen auslaufenden Wohnzimmers kam, tastend seinen Weg und verbreitete in dem viereinhalb Meter hohen Raum eine angenehme Atmosphäre wie eine leichte Sommerbrise.

Carsten war eher in gehetzter Stimmung. Er schaufelte einmal durch seine Hosentasche, griff mich mit anderen Münzen sowie einem 10- und 20-Euro-Schein und legte uns auf einer Wurzelholzvitrine neben einem großen Handy ab. Unter den Münzen war auch ein witziger 20er aus Griechenland. Wir konnten uns sofort gut leiden, denn wir kannten uns schon!

Klingt kontruiert – ist auch so.

Über uns hing ein riesiges Bild, das aussah, als hätte ein Kind mit einem besengroßen Pinsel zuerst einen Teil rot, dann einen Teil schwarz und zuletzt grau zugekleistert.

Gegenüber an der Wand hingen zwei ähnliche Malversuche, die einen gigantischen Bildschirm rahmten.

Carsten wählte mit einem anderen Handy eine Nummer. Während er ins Telefon lauschte, nahm er eine Fernbedienung und fuhr damit die Lamellenvorhänge hoch, die nun die riesige schräge Fensterfront freigaben: Zwölf Meter breit, viereinhalb Meter hoch – das Ufer auf der anderen Seite des Flusses war 200 Meter weit weg. „Hallo Nadja", Carsten baute sich an der Fensterwand auf, schaute auf die andere Uferseite, „du, es tut mir leid, aber ich werde es übermorgen nicht schaffen!" – Durch die Launchmusik hindurch war zu hören, wie spitze Dentallaute wie ein Stakkatofeuer aus dem Handy drangen. Carsten pumpte Luft in seine Lungen und hielt den Atem an, bleckte die Zähne und nickte. „Ja, ich weiß.", „Ja, aber.." – keine Chance, das Gesprächsrecht zu bekommen. Er stellte auf Lautsprecher, legte das Handy neben uns auf die Vitrine, machte die beiden Flügeltüren auf. Beim Öffnen wurde er von einem gedimmt angehenden, angenehm warmgelben Licht angestrahlt, das aus dem Inneren der

Vitrine kam.

Er nahm sich ein schweres Glas, schüttete sich aus einer Flasche Jack Daniels etwas ein, dazu drei Eiswürfel, die ebenfalls in dieser Vitrine aufbewahrt wurden. Die fast leere Flasche stellte er neben uns, die Standpauke von Nadja begleitete er mit Nicken, synchronen hämischen Lippenbewegungen, Augenrollen und einem kräftigen Schluck aus dem schweren Glas. Aus dem Handy dröhnte es, dass die Vibrationen auf der schweren Wurzelholzdecke zu spüren waren. „Vorletztes Jahr wurde dein Sohn fünf, da warst du kurzfristig in Basel. Letztes Jahr wurde dein Sohn sechs, da kam *plötzlich* die Tagung in Los Angeles dazwischen. Morgen wird dein Sohn sieben – was hast du diesmal? Ein Meet-and-Greet auf dem Mond? Oder doch nur ein Wochenendficktrip zu deinem Apartment in Barcelona mit deiner asiatischen Schlampe?" – „Mein Gott!", schrie er, „Ich ARBEITE!! Und in meinem Job ist Zeit Geld. Wenn ich einen Termin verschieben will, ist er gestorben. Und nur weil ich immer auf Termin bin, krieg ich die Deals, und nur deshalb kannst du es dir in einer 13.000,-€ pro Monat-Unterhalts-Hängematte gemütlich machen! Ich bin jedes Mal SOFORT danach gekommen, und hab den Tag mit ihm verbracht!!" – „Den TAG? Zwei, drei Stunden, in denen du ihn mit Pommes und Eis und Kino zuballerst, nennst du einen TAG?" – „Es waren nicht zwei, drei Stunden, es war mindestens ein kompletter Nachmittag!" – „Ja, letztes Mal, aber das Mal davor war jämmerlich!"- „Liest du keine Zeitung? Wer hat denn vor genau zwei Jahren diese erfolgreiche Immobilien-

App an den Markt gebracht? Und WER kriegt dadurch massig Unterhalt und muss nie mehr arbeiten?" – „Ach, leck mich doch!" – „Das hättest Du wohl gerne, aber das darf gerne dein Achim besorgen!" – „Arschloch!" – „Ach, da leckt er auch?"

Das Telefonat war begreiflicherweise an dieser Stelle zu Ende. Carsten stampfte auf. „Mistschlampe!" Er kam zur Vitrine, legte das Handy ab, mit dem er gerade telefoniert hatte; daneben stellte er das schwere, noch halbvolle Glas und nahm nun das andere großes Handy, wählte eine Nummer und stellte auf Lautsprecher.

„Carsten, was gibt's?" – „Mesut, besorg mir bitte ein Geschenk für meinen Sohn. Das soll übermorgen abgeliefert werden." – „Was soll ich da holen?" – „Ja, für einen 7-Jährigen halt. Playmobil vielleicht?" – „Das hattest du auch schon zu Weihnachten." – „Ach ja, warte mal", Carsten schaute auf den Fluss, das Handy legte er auf die Lehne eines Launchsessels und massierte sich mit beiden Händen im Stehen den Nacken. "Pass auf, am besten ein Spiel. Monopoly! Das ist doch klasse! Hab' ich früher auch immer gespielt!" – „Sonst nichts? Nur Monopoly? Ist vielleicht 'nen bisschen wenig, Boss!" – „Ja, Mesut, hast Recht. Ah, jetzt hab' ich's: Hau dich mal bei Amazon rein und bestell ihm einen Kaufladen! Ja, das ist gut! So mit Regalen und lauter Waren und einer elektrischen Kasse und einem Einkaufswagen! Dazu 'ne Karte: Lieber Nicolas, - notierst du?" – „Steno, wie immer!" – „Super, also: Lieber Nicolas, einen ganz dicken Kuss zu deinem 7. Geburtstag von deinem Papa. Leider muss ich an deinem Ge-

burtstag arbeiten und dazu mit einem Flugzeug nach China fliegen. Aber am Wochenende bist du ja bei mir, dann spielen wir ganz doll mit dem Kaufladen, versprochen! Ich drück dich, dein Papa." – „Ich kümmere mich drum, Carsten!" – „Prima Mesut, bis morgen am Flughafen!" Das Handy piepte zweimal, dann war es stumm.
Carsten verschwand auf einer der Halbetagen, man hörte erst Klogeräusche, dann die Dusche.

„Der ist immer völlig gehetzt!", piepte eine schrille, hohe Stimme. Es war die Jack Daniels-Flasche. „Das ist wohl der Preis dafür, wenn man so richtig, richtig reich ist", bemerkte ich. „Ich komme mir bei solchen Leuten immer so unbedeutend vor", heulte der witzige 20er gekünstelt.
„Ich gebe zu, ich auch!", sagte der 20-Euro-Schein ungekünstelt, der hatte wohl nicht die Ironie des witzigen 20ers geschnallt.
„Ach kommt, Leute,", sagte ein schon sehr zerknitterter 10-Euro-Schein, „wir kommen wenigstens rum in der Welt und erleben was. Da drüben im Regal wimmern drei 500,-€-Scheine, die zwischen Buchseiten vergessen wurden, dass sie bisher nur den Typen aus der Zentralbank und den Geldsack, der sie sich hat auszahlen lassen, kennengelernt haben."

Das kleinere Handy neben uns auf der Vitrine klingelte. Carsten kam mit einem Handtuch um die Hüften aus dem Bad, sah auf das Display und seufzte. Dann atmete er kurz durch und nahm das Gespräch an. „Hallo Nicolas, mein Schatz! Wie geht's dir?" ------ „Und, freust du dich schon auf deinen Geburtstag?"------- Er schüttelte den Kopf, anscheinend über sich selbst, dann stellte er auf Lautsprecher, legte das Handy auf die Vitrine und nahm sich das dickwandige Glas. „Warum kannst du denn nicht zu meinem Geburtstag kommen, Papa?", fragte eine Kinderstimme. „Der Papa muss leider morgen nach China fliegen, die wollen sich über meine App für Häuser unterhalten." – „Kannst du denn nicht ein bisschen später fliegen?" – „Nein, mein Lieber, das geht leider nicht. Da kommt auch ein Mann aus Indien, der eine ähnliche Idee hat, und wenn der Papa morgen nicht fliegt, machen die Chinesen das Geschäft vielleicht mit dem Inder!" Aus dem Handy kam ein trauriger Seufzer. „Aber Papa, hast du nicht schon genug Geld verdient?" Carsten stutzte und lächelte verlegen. „Ja, äh, aber weißt du, es ist folgendermaßen: Der Papa macht ja gerne Sport und du ja auch, stimmt's?" – „Ja, ich spiele gern Fußball. Und Schwimmen tu ich auch gerne." – „Ja, und schau mal, mit den Geschäften ist es so: Stell dir vor, du machst ein Wettrennen. Da willst du ja wohl gewinnen, oder?" – „Ja. Sollen wir auch ein Wettrennen machen?" – „Hahaha, das können wir gerne. Aber pass auf: Der Papa hat zwar schon einige Wettrennen gewonnen, aber das Rennen macht mir soviel Spaß, dass ich immer noch weiterrennen und gewinnen möchte. Denn weißt du, was sonst passiert?" – „Nö." – „Wenn der Papa die Wettrennen nicht mehr gewinnt, kriegt ja ein anderer das Geld. Und das ist dann ja verloren!" – „Wieso ist es verloren? Verlierst du etwa dein Geld, wenn der Inder das Geschäft macht?" Carsten wurde jetzt ein wenig genervt. „Nein, natürlich nicht, aber, - also, pass auf: Wenn du zum Beispiel Fußball spielst, dann willst du ja auch gewinnen, oder?" – „Ja, aber zum Beispiel heute in der Schule, da haben wir am Ende auch Fußball gespielt, und das war ganz spannend, und am Ende war es unentschieden! Das war eigentlich ganz schön, weil es keine Verlierer gab." – Carsten schaute konsterniert zum Fenster und nahm einen großen Schluck aus dem Glas. „Das ist ja schön, dass ihr euch in der Schule so gut vertragt. Aber in der Wirtschaft ist das eben ein bisschen anders. Das ist mehr wie, äh, wie bei einem Karussell: Wenn das Karussell auf der Kirmes anfängt sich zu drehen, darf ja keiner mehr einfach aufspringen. Und so ist das in der Wirtschaft: Ich sitze jetzt auf dem Karussell, es dreht sich schnell, ganz schnell! Wer absteigt, kommt erst wieder drauf, wenn es sich nicht mehr dreht. Hier gibt es nur mitfahren oder zuschauen. Gewinnen oder verlieren! Und ich will eben gerne gewinnen! Deshalb muss ich auf dem Karussell bleiben. Das ist quasi wie eine Regel, die dazugehört! Und beim Fußball will doch eigentlich auch jeder nur gewinnen!" – „Heißt das, dass du deshalb die Bayern gut findest, weil die sowieso immer gewinnen?" Der witzige 20er kicherte, ich und die Jack-Daniels-Flasche auch.

„Nein! Ich finde die gut, weil sie so gut Fußball spielen können!" Noch ein Schluck und das Glas war leer.

„Achim meint, die Bayern sind voll langweilig. Die können sich immer die besten Spieler kaufen, weil

sie viel mehr Geld haben, und da ist es ja kein Wunder, dass sie immer gewinnen." Beim Wort „Achim" durchzuckte es Carsten, nur mühsam konnte er an sich halten. „Nicki, pass mal auf, wie wir das jetzt machen: Der Papa fliegt übermorgen kurz nach China. Übermorgen ist Montag. Und am Donnerstag komme ich zurück und am Wochenende hole ich dich dann direkt von der Schule ab und wir machen was zusammen, ok?" – „Ja, gut. Soll ich dir ein Stück vom Geburtstagskuchen aufbewahren?" – „Na klar, da freu ich mich. Am besten zwei!! Und weißt du schon, worauf du Lust hast? Sollen wir ins Kino gehen? Oder in den Funpark?" – „Da gehe ich schon mit Mama und Achim hin."
Carsten wandt sich und biss sich auf die Zähne.
„Ich würde gern schwimmen gehen!", kam es aus dem Handy. "Ins Aqualand mit den vielen Rutschen?" – „Ja!" –„Ok, mein Großer, dann machen wir das doch!" – „Ja, da freu ich mich." – „Ich mich auch, Nicki. Du, einen ganz dicken Schmatzer durchs Telefon, ich ruf dich an deinem Geburtstag an und dann sehen wir uns am Wochenende, ok?" – „Ja, Papa." – „Hmmmmmschmatz!" Carsten schickte einen Kuss durchs Telefon. „Hmmmschmatz!", kam es zurück. „Tschühüss!" – „Tschüss Papa!" Er drückte das Gespräch weg, denn er wusste ja, dass sein Sohn nicht auflegen würde.

„Alexa, mach die Musik aus!" Der unaufdringliche Beat und die seichten Akkorde wurden dezent ausgeblendet. Carsten stand in der Stille und blickte regungslos durchs Fenster ans andere Ufer.
Dann klingelte es. Erschrocken fuhr er auf, blickte

zunächst an sich herab – das Handtuch war immer noch um seine Hüfte gespannt – dann auf seine Uhr und dann zur Vitrine. „Scheiße!" Hastig nahm er die Jack-Daniels-Flasche und stellte sie mit dem leeren Glas in die Vitrine nach ganz hinten. Kurzentschlossen nahm er auch uns, die Münzen und die Scheine, und stopfte uns neben die Jacky-Flasche. So lagen wir da in der hintersten Ecke dieses wie ein Heiligtum erleuchteten Schränkchens. Die Jacky-Flasche stand in der hintersten Reihe hinter mehreren anderen Flaschen, die im Gegensatz zu ihr zum Teil noch ungeöffnet oder nur wenig angetrunken waren. Auf der anderen Seite der Vitrine war ein kleiner Eisspender eingebaut, die Kühlung summte kaum merklich in dem massiven Schrank aus Edelholz.

Carsten eilte eine der halben Treppen hinauf, verschwand im Flur und betätigte die Gegensprechanlage. „Hi Mick! Komm hoch, musst die Treppe nehmen, Tür ist offen!", hörte man ihn sagen und dann in irgendein Zimmer davontrippeln.

Kurz darauf näherten sich sportliche Schritte. „Hallo?" – „Komm rein und mach's dir gemütlich, ich komme gerade aus der Dusche!" – „Alles klar." Ein Mann, schickes Designerhemd und Hipsterbart, kam hereingeschlendert und musterte das Zimmer und den Ausblick. „Geile neue Bude!" – „Ich weiß!", kam es in routinierter Trockenheit zurück. Carsten kam und schloss noch den letzten Knopf seiner Hose, männliche Umarmung, Hände klatschten auf Rücken.

„Ist schon wieder ein Jahr her, dass wir uns gesehen haben, was?" – „Die Zeit galoppiert,", sagte Mick,

„aber sie ist anscheinend sehr gut zu dir!" Er deutete auf das große Kinderbild über der Vitrine: „Richter?"

Carsten grinste breit: „Alle drei!" und wies auf die beiden Bilder neben dem riesigen Bildschirm an der Wand gegenüber der Vitrine.

„Moment mal!" Mick sah das Bild über der Vitrine prüfend an, sein Blick glitt ins Skeptische: „Hängt das nicht falsch herum?" Carsten stutzte und warf die Stirn in Falten. Man merkte, wie es in ihm arbeitete. „Willst du mich verarschen?" – Micks Gesicht wandelte sich langsam von skeptisch zu schelmisch: „Ja!"

Die Spannung löste sich, beide lachten. „ich hab' doch null Ahnung, wie das hängen muss", beschwichtigte Mick. „Sieht für mich eher aus, als hätte ein Kind mit einem besengroßen Pinsel eine Leinwand vollgekleistert." Er zeigte in das Rund des Zimmers. „Respekt! Die Immo-App ist aber auch abgegangen wie eine Rakete!" – „Du sagst es. Und bei dir?" – „Positiv. Alles sehr positiv, und deshalb bin ich auch heute hier!" Carsten lächelte. „Du wolltest ja am Telefon mit nichts rausrücken; da bin ich jetzt doppelt neugierig. Aber komm: Wie wär's mit einem Drink?" Mick guckte etwas skeptisch. „Du meinst jetzt schon harten Alkohol?" Carsten lachte. „Alter, nix zum Wegpumpen. Wir sind mitten im Afternoon und es gibt jetzt einen ganz gepflegten Entspannungsdrink. Oberste Priorität: Genuss."

Und mit diesen Worten ging er zur Vitrine. „Alexa, spiel Miles Davies." Vorsichtig suchten sich erste Klavier-Akkorde den Weg durch das große Wohn-

zimmer, gefolgt vom tiefen Brummen eines Kontra-
basses, dem zärtlichen Reiben eines Jazz-Besens
über ein Snarefell und einer zarten Trompetenmelo-
die.

Mick streckte sich auf einem üppigen Sofa aus und
sah auf den Fluss, Carsten hantierte mit zwei bauchigen Gläsern, stellte sie gemeinsam mit ein paar
Flaschen auf die Vitrine. Die Jacky-Flasche schob er
noch tiefer in die Ecke und stellte einen schmuckvol-
len Whiskykarton davor.

„Wie war's in Leipzig?", fragte er Mick. „Ach du, da
hast du was verpasst – oder auch nicht, ganz wie
man's betrachtet." Mick setzte sich ein wenig auf.
„Geschäftstermine mit den Amis waren gut, aber
Alter, ich bin dann ja noch auf diese Eigentümerver-
sammlung..." – Carsten schmunzelte, „Freakshow?"
– „Absolut!! Alter, das war so nervend, pass auf: Da
sitze ich nun und da kommt so eine richtig verknif-
fene Olle rein. Badischer Akzent, da krieg ich ja sowieso spontan Ohrenbluten, und dann hat die an
jedem Punkt was rumzumäkeln und hat Andi angemacht von wegen *,die im Exposé genannde Mittstei-
gerunge finde nett statt'* oder *,isch hob no zwo Jahre scho
Risse an de Fuge im Baddezimma'*.. Die war also völlig
am zetern, total anstrengend die Frau." – Carsten
ging mit den zwei bauchigen Gläsern, in denen eine
kleine Pfütze goldgelben Getränks schwamm, zur
Couch. „Ich kann dir sagen, das nächste Mal mache
ich es wie du: Ich geb' Andi die Vollmachten und
tue mir den Scheiß nicht mehr an." – Carsten stellte
sich in Feldherrenpose vor die Fensterwand, Vor-
tragshaltung. „Diese ganzen Kleinanleger, diese

leitenden Angestellten, Oberärzte und Rechtsanwälte mit ihren ein oder zwei mickrigen Eigentumswohnungen gehen mir auch immer total auf die Nerven. Ich sag dir,", und hier setzte er die Gläser bedeutend auf die lackierte Edelholzplatte des Couchtisches, „die sind da total penibel, weil sie sich die paar Kröten so hart abgespart haben und gehen dann mit spitzem Blick durch Gebäude und Bilanzen wie ein kleinkarierter Buchprüfer vom Finanzamt. Deshalb sage ich: Immer mindestens 50% der Wohnungen klarmachen, alleine oder zusammen mit befreundeten Großanlegern, - wie wir beide in Leipzig – damit man immer die Stimmenmajorität hat. Und dann alles über Verwalter! Ich tu mir diese Versammlungen doch nicht an! Was interessieren mich irgendwelche Fugen? Einnahmen – Ausgaben – Abschreibung - Rendite! Und ab dafür!" – „So ist es!", sagte Mick und schaute auf die beiden Gläser. „Was präsentierst du mir denn da?"
Carsten machte eine wichtige Pause.

„Jetzt fängt er wieder an, die ganzen Sätze, die er auf dem Whiskyseminar aufgeschnappt hat, mit wichtigem Pathos zu wiederholen", fiepte die Jacky-Flasche mit hoher Stimme. „Da muss ich immer ganz nach hinten, weil ich ja nur so ein Mainstream-Fusel bin." In der Vitrine wurde es nun lauter. Ein vielstimmiges, tiefes Summen, gerade so, als würde sich ein Don-Kosakenchor einsingen, brummte durch den edlen Getränkeschrank. „Was ist das?", fragte der witzige 20er, „gregorianische Gesänge für Anfänger?" – „Ne!", fiepte Jacky. „Das sind die ganzen anderen Pullen!" Ich wunderte mich. „Warum versteht man denn kein Wort? Und warum singen die?" – „Ist doch logisch!", sagte Jacky. „Die sind doch alle stockbesoffen!"

Carsten sah Mick konzentriert an. „Du musst wissen: Whiskey ist nicht gleich Whisky." - „Das ist mir schon klar, dass Whiskey nicht gleich Whiskey ist. Ein ordentlicher Glenfiddich ist bestimmt besser als ein Jack Daniels!"

„Glenfiddich!", tönte Carsten verächtlich. „Ich spreche nicht von dem Alltagswhiskey, den du dir im Rewe aus einer Vitrine geben lässt, lächerliche 60 Kröten dafür bezahlst, ihn mit nach Hause nimmst und dann doch nur in die Cola schüttest. Ich rede,", und hier hob er bedächtig sein Glas und hielt es gegen das Licht der Glasfront, „ich rede von Whisky der Spitzenqualität. Von Whisky zum Genießen. Und von Whisky", und hier sah er Mick durchdringend an, „aber da komme ich gleich zu!"

„Und warum sind die Stimmen von denen so tief? Weil sie so alt sind?" Ich war jetzt doch neugierig auf diese neue Welt des Whiskeys, oder wie Carsten sagen würde, des Whiskys. „Ne", quietschte Jacky, „es liegt einfach an der Füllmenge. Je weniger Whisky in der Flasche ist, desto höher klingt er. Und da Carsten im eigentlichen Leben nur aus mir trinkt, ist bei mir kaum noch was drin, während die steinalten Whiskyflaschen kaum angebrochen sind und deshalb so tief brummen."

„Sicherlich ist Carsten ein ganz sparsamer, deshalb trinkt er privat nur billigen Whiskey", scherzte der witzige 20er. „Ne,", sagte Jacky, „ich schmecke ihm einfach am besten. Ich und meine Kumpels, die Jacky-Flaschen vor mir, waren ja schon immer bei ihm: Bei seinem Abi, dem Examen, seiner Hochzeit, seiner ersten Million, seinen Seitensprüngen. Der Typ mit dem Bart ist der Geschäftspartner, mit dem unser lieber Carsten hier diese extrem erfolgreiche App entwickelt hat." - „Aha. Wie lange bist du schon bei Carsten?", wollte ich wissen. „Eigentlich erst seit drei Wochen, aber wir Jackys können unser Wissen mit allen anderen Jacky-Flaschen teilen. Wie in einer Cloud. *Kollektive Trinkererfahrung* nennen wir das." – „Dann kannst du uns ja bestimmt ein paar ganz abgefahrene Geschichten über Keith Richards und Johnny Cash erzählen?", fragte eifrig der witzige 20er. Die Jacky-Flasche machte eine dramatische Pause: „Der Kenner genießt und schweigt!"

„Habt ihr denn nie einen Filmriss?", der witzige 20er war augenscheinlich total fasziniert.

„Nö. Bei notorischen Alkoholikern wie uns existiert ein relativ hohes Gewöhnungslevel. Da wir ordinäre Industrieprodukte sind, können wir auch niemals den gleichen Aggregatzustand erreichen wie diese schottischen Luxuspullen hier neben uns."

„Und was war jetzt so toll an der Erfindung von den beiden?", mischte sich jetzt von hinten der 20-Euro-Schein ein.

„Also:", Jacky wurde ein wenig förmlicher, vielleicht weil er auch ein bisschen stolz war, so ein exklusives Herrchen zu haben, und versuchte die Fiepsigkeit seiner Stimme so seriös wie möglich klingen zu lassen: „Die beiden hatten die Idee, mithilfe eines fotometrischen Verfahrens eine App an den Start zu bringen, mit der man per Foto eine Wandgröße darstellen kann. Man muss nur eine auf dem Foto befindliche Bezugsgröße eingeben – z.B. ein Türstock, Grundmaße 200 x 90cm – und schon rechnet die App das um und erstellt eine Grafik der Wand." – „Da kann man dann prima gucken, ob in die Wand noch eine zweite Tür passt, hihi", witzelte der witzige 20er.

Jacky fuhr unbeeindruckt mit seinem Vortrag fort: „Tja, und wenn man das mit allen vier Wänden macht und alle Winkel im Raum 90 Grad haben, kann man mit vier Fotos einen Grundriss erstellen! Zunächst hofften die beiden, dass vor allem Makler, Architekten, Ingenieure und Handwerker die App als nützliches Spielzeug betrachten und sich herunterladen würden. Doch dann schalteten sie mit ihren letzten Euros aus dem Crowedfunding-Stock sehr pfiffige Werbung mit dem Slogan *„Passt das?"*

In kleinen animierten Sequenzen wurden Alltagsszenen gezeigt, wo sich ein junges Paar fragt, ob die Couch, der Schrank oder der Teppich in ihre Bude passen. Oder ob die im Mietvertrag verzeichnete qm-Zahl wirklich stimmt. Und schon war man im Endkundengeschäft! Nicht nur berufsbedingte Raumausmesser – jeder, der sich um seine eigenen vier Wände kümmern musste, lud sich für 2,99€ diese App runter. Erst deutschlandweit, dann Europa, dann USA! Innerhalb eines halben Jahres schnellten die Downloads in den zweistelligen Millionenbereich – und dann verkauften die beiden die Europarechte an Ikea. Mick, der mit dem Bart, ist der Physiker und Informatiker, der hat jetzt eine eigene Softwarefirma, Carsten ist der innovative Geschäftsmann, der das Produkt jetzt noch weiterentwickelt." - „Steile Karriere!"- merkte ich an. „Und was ist das mit China?"

„Die Chinesen sind vor allem daran interessiert, weil sie die Grundlagen der App für ihren Geheimdienst und das Militär haben wollen." – Der witzige 20er: „Geld stinkt nicht!"

„Richtig!", sagte Jacky. „Und mit dem Erfolg kann man sich ja auch das eine oder andere Statussymbol leisten. Zum Beispiel diese ganzen Flaschen: Die eitlen Snobs hier im Schrank hat er sich erst neulich nach dem Seminar angeschafft."

Carsten schwenkte das Glas und hielt es an die Nase. „Mach mir das mal nach und dann sag mir, wonach das riecht!" Mick tat, wie ihm geheißen. Er schnupperte, das kannte er vom Rotwein. „Ich würde sagen: Whiskey!" – „Haha, der gefällt mir!", lachte der witzige 20er. Carsten mürrisch: „Jetzt mal ernst: was riechst du?" Mick nahm noch eine Nase voll und schloss die Augen. „Hm. Weiß nicht. Ein bisschen erdig vielleicht?" – „Nicht schlecht! Jetzt nimm mal ein paar Tropfen auf die Zunge", sagte Carsten und machte es vor.

„Puh!" Mick schüttelte sich, „als wenn mir jemand 'ne Schaufel Torf in den Mund wirft!" – Carsten triumphierte: „Genau!! Ein 18 Jahre alter Laphroaig Single Malt, hergestellt auf der Isle of Islay. Es handelt sich hier um einen tendenziell blumig-würzigen Geschmack, der aufgrund der besonderen Räucherverfahren des Malzes und der Holzfasslagerung entsteht." Mick verfolgte den Vortrag und sah sich um, als ob er das Zeug schnell wieder in einer Blumenvase, die es jedoch nicht gab, loswerden wollte. Dabei fiel sein Blick in die geöffnete, erhaben erleuchtete Vitrine und die Bataillone von Flaschen, die dort anscheinend nur darauf warteten, von ihm verköstigt zu werden. In der Vitrine stieg das säuselnde, dunkle Brummen und Murren an, Jacky erklärte: „Die Typen hier sind alle Edelwhiskys der höheren und höchsten Kategorie. Da wird vielleicht zweimal im Jahr aus einer Flasche ein Schlückchen genommen. Nach dem Seminar hat sich Carsten diese Vitrine kommen lassen und eine Auswahl an Flaschen hier hineingestellt. Jede Flasche kommt aus einem 6er- oder 8er-Karton; das heißt: Unten im Keller liegen also in verzierten Kartons aufgebahrt bestimmt 150 Flaschen herum." – „Im Holzfass gereift, im Pappsarg veredelt!", juxte der witzige 20er. „Was geben denn diese ganzen Flaschen so von sich?", fragte ich Jacky. „Ach, das übliche Gefasel von Alkoholikern." Hätte Jacky Hände gehabt, hätte er jetzt noch eine abwinkende Geste dazu gemacht. „Du musst dir doch vorstellen, dass die seit Jahrzehnten in ihrem eigenen alkoholischen Gärungsaroma sich selbst einatmen. Und wenn man immer nur von sich selbst etwas wahrnimmt, ist man schlicht dauerberauscht - von sich selbst. Und genau das läuft hier ab: Die Flasche, aus der gerade der erste Schluck probiert wurde, brummt gerade in breitestem Schottisch, dass das Erdige das wichtigste Attribut eines Geschmacks sei. Die Pulle daneben ist ein Glenfarclas, 30 Jahr alt. Der ist ein ziemlicher

Traditionalist und tönt immer in diesem zackig-militärischen Ton *Malz! Malz! Gott erhalts!* Nebenbei kommen immer spitze Bemerkungen, zum Beispiel: *Inseldepp! Inzuchtgepansche! Prekariatsfusel!* Naja, der Glenfarclas kommt aus der Speyside, das liegt im Nordosten von Schottland und quasi genau entgegengesetzt zur südwestlichen Insel Islay. Und wie bei den Menschen sind natürlich auch unter den Whiskys die Rivalitäten ausgeprägt. Und es ist klar, worüber sich besoffene Schotten am liebsten Unterhalten: Fußball.

Die aus Islay sind alle Celtic-Fans, die von der Speyside halten eher zu Aberdeen, was natürlich aufgrund des unterschiedlichen Erfolgs der beiden Vereine immer in eine deutliche Frotzelei der Islay-Flaschen mündet, die oft und gerne auch mit gälischen Schimpfwörtern um sich schmeißen. Als Celtic-Fan hat man natürlich auch gut kacken: Die sind schon 50mal Meister geworden, die letzten acht Titel gingen alle nacheinander an die Grün-Weißen, während Aberdeen 1985 das letzte Mal den Pott gewann. Aber der Glenfarclas zieht sich dann einfach auf seine traditionellen Attribute zurück: Er ist fast doppelt so alt und doppelt so teuer."

„Das,", sagte Carsten, während er aufstand und zwei neue Gläser präparierte, „das war jetzt eine kleine Geschmacksprobe der billigsten Flasche, die ich hier drin habe." Er nahm die Laphroaig-Flasche heraus und präsentierte sie Mick. „Für dieses Exemplar bezahlst du im Fachhandel etwa 180,- Piepen." – „Und das ist der billigste? Und dein teuerster?" Carsten schmunzelte, stellte die Flasche wieder zurück und nestelte behutsam aus der Mitte eine wie viele andere noch verschlossene Flasche heraus. „Also: Hier oben habe ich eine Flasche Macallan, 25 Jahre alt, für 1200,-€." – „Aha.", sagte Mick, zögerte etwas und fragte dann: „Mal ehrlich, Carsten: Schmeckt man da denn noch solche Unterschiede?" – Carsten zeigte ein etwas zu abgehobenes Lächeln. „Mick, die Flaschen sind nicht dazu da, dass man sie austrinkt. Diese Flasche ist in zwei, drei Jahren locker 1600,-€ wert." -Mick begriff, Carsten schob mit einem Schmunzeln hinterher: „Und die 23 weiteren Flaschen, die ich davon habe, ebenfalls!" Carsten legte einen Blick auf wie jemand, der die Pointe eher verstanden hat als der andere, Mick begriff und zeigte mit dem Finger auf ihn; der Finger pickte bei jeder betonten Silbe nach vorne: „Du alter Schlingel! Geldanlage Whisky!" – Carsten lächelte überlegen, eröffnete zum Erstaunen von Mick die teure Flasche und goss zu dessen Entsetzen – denn es galt anscheinend weiterzutrinken - eine Probe in die Gläser. Eines drückte er Mick in die Hand und dozierte: „Genau darum geht's letztendlich! Schau doch mal unsere letzten zehn Jahre: Wirst du heutzutage durch Lohn- oder Gehaltsarbeit reich? NEIN! Du musst eine Idee haben, bevor andere sie haben. Du musst sie marktreif entwickeln und wissen, an wen du dich wendest. Du musst auf einen Zug aufspringen, der noch langsam fährt, bevor er Fahrt aufnimmt! Wir beide sind mit China-Aktien und Bitcoins reich geworden, haben früh in Andis Denkmalhäuser in Leipzig investiert. Als die träge Meute der privaten Geldanleger sich schließlich auf den Immobilienmarkt stürzte, hatten wir schon in die Unternehmen investiert, die genau diese Wohnungen bauen und uns Oldtimer und Kunst zur Geldanlage angeschafft. Heute scheint es mir so, dass wir uns durch unsere vorausschauenden Investments in eine Lage manövriert haben, die es uns erlauben würde, unsere Kohle schubkarrenweise hier aus dem Loftfenster zu schaufeln – sie würde schnurstracks und in größeren Mengen zur Tür wieder hereinkommen."

Nun baute er sich pathetisch vor der Fensterfront für den Schluss seiner Rede auf, lässig das Glas Macallan in der Hand, der Whisky wogte golden in dem Designerglas: „Gestern sind wir die ersten gewesen, die auf den Zug aufgesprungen sind. Heute sind wir schon der Zug selbst!! Die Politik und die Menschen insgesamt denken nur ans Heute und maximal ans Morgen – doch wir: Wir denken ans Übermorgen!! Und außer den Chinesen hat es noch immer keiner richtig begriffen! Wenn du es einmal verinnerlicht hast, die Welt und die Gesellschaft aus einer überlegenen Perspektive zu betrachten und zu analysieren, hast du alles und jeden im Griff."

Mick stellte sich neben ihn, stieß mit ihm an und nickte lächelnd. „Du sagst es: Alles jammert über den Klimawandel – wir kaufen CO_2-Zertifikate. Die Autoindustrie weint der Bundesregierung die Ohren voll und Dieselfahrer verzweifeln: Wir haben schon vor zwei Jahren Aktienpakete von Lithium- und Wasserstofffirmen gekauft. Aktien orderst du richtig geil nach der nächsten Pandemie und Trinkwasser wird der Megamarkt der Zukunft. Natürlich ist Nestle ethisch scheiße – aber der Aktienkurs nicht!"

Jacky meinte: „Ist schon verblüffend, wie Carsten, Mick und die Flaschen hier sich ähneln, was?"

Anschließend waren Carsten und Mick vom Whisky und sich selbst dann doch so stark eingenommen, dass sie beschlossen, noch in die Altstadt zu gehen. Als Mick kurz vor dem Aufbruch auf dem Klo war, strich Carsten uns Münzen und die beiden Scheine aus der hinteren Ecke der Vitrine in die Hand und dann in seine Hosentasche. Im Flur nahm er sich aus der Schale seines Porzellanmohren das Cardcase, die Schlüssel reckten sich ihm vergeblich entgegen. „Nimm mich, ich bin der lauteste!", sagte der Porsche Targa-GTS 3.0-Cabriolet- Schlüssel, „Souveränität und Stil sollten oberstes Gebot sein!", merkte sein Kollege Land Rover Range Rover SC 5,0 an, „Are you ready for an eletric ride?", fragte der Tesla X mit dem unverhohlen aufgesetzten Lächeln eines amerikanischen Autoverkäufers.
Sie betranken sich in einer momentan hippen Cocktailbar, weil dort „die kleinen geilen Jura- und BWL-Mäuschen" sein würden.
Anschließend brauchten sie eine Grundlage - der nächste McDonalds konnte hier Abhilfe schaffen. Schon reichlich betorkelt ging Carsten die Treppenstufen zum Klo hinunter, unten begrüßte ihn mit scheuem Blick ein pechschwarzer Mann mit weißem Kittel, die Hände in weißen Einmalhandschuhen. Er saß auf einem viel zu kleinen Schemel, neben ihm ein kleines Tischchen mit weißem Tischtuch, auf

dem ein kleiner weißer Teller war. Daneben ein Schild mit derselben Aufschrift wie an der Eingangstür zum Toilettentrakt oben an der Treppe: *Toilettenbenutzung für Kunden gratis, ansonsten 50 Cent!!* Carsten kam vor dem Pissoir zum Stehen, entspannte sich und sah zu, wie der inzwischen weiß-durchsichtige Strahl aus ihm in das Urinal von Urimat - *„ohne Wasser"*- genau gegen die aufgeklebte Fliege plätscherte. Im Becken waren gekräuselte schwarze Schamhaare, ein Kaugummi und die Reste von einem ziemlich festen, gelben Rotz, den jemand davor hier hineingespuckt hatte. ‚Schon ziemlich eklig' dachte er und konzentrierte sich darauf, den gelben Rotz nun mit seinem durchsichtigen Strahl durch den Plastikschmutzfang zu pissen. Damit würde er ja auch den schwarzen Boy, der da vorne sitzt, ein bisschen unterstützen. Der Rotzklumpen war jedoch zu zähflüssig und wich immer wieder aus. Nun hatte er auch nicht mehr genug Druck. Während der Strahl nun schwächer wurde, schaute er zu den anderen Becken herüber. Am Boden waren jeweils kleine Pfützen vor den Pissbecken – wahrscheinlich, weil man beim Pinkeln nicht nahe genug an das Becken getreten war oder außer dem Strahl noch Pisse auf den Boden getropft war. Irgendein Dreckschwein hatte beim Urinal neben ihm an die Wand gespuckt, gegen die Werbung für den nächsten Marvell-Ironman-Film. Der zähe Schleim lief langsam die Plastikabdeckung des Rahmens hinunter. Er war fertig und ging zum Handwaschbecken. Unter dem Seifenspender sammelten sich Tropfreste der Flüssigseife, auch hier waren zwei

Schamhaare im Waschbecken!? Er wusch sich die Hände gründlich und fixierte dabei sein eigenes besoffenes Ich im Spiegel. ‚Ist das nicht traurig?', dachte er sich. ‚Ich piss hier und gehe nachher in meine 2,4-Millionen-Loft und dieser arme Teufel da vorne muss hier gleich sauber machen und würde alles für einen geregelten Job mit 1500brutto tun.' Er war etwas traurig, hatte eine kleine Phase von Weltschmerz, dann wurde er jedoch auch freudig-sentimental: Denn obwohl er Kunde war und eigentlich nichts fürs Pinkeln bezahlen musste, holte er mich aus der Hosentasche. Er näherte sich dem Schwarzen und überlegte: Er wollte ihm etwas geben mit einer Geste der Verbundenheit, von Multimillionär zu Klomann, aber nein: von Mensch zu Mensch! Und er wollte ihn mit dieser Geste irgendwie teilhaben lassen, ihm bedeuten, dass er insgeheim mit ihm fühlt, dass trotz aller Unterschiede zwischen ihnen etwas Verbindendes ist, nämlich das, was doch irgendwie alle Menschen auf der Welt miteinander verbindet; er suchte noch nach den richtigen Worten, als er sich dem schwarzen Mann, der schüchtern wegschaute und etwas summte, näherte, Schritt für Schritt. Er wollte etwas sagen wie „Ich weiß doch, wie es dir geht!", etwas wie „Ich bin doch genauso wie du!" aber auch mit einem Anteil von „Wir halten zusammen!". Er drückte mich ihm fest in die Hand. Mit beschwörendem Blick kam das heraus: „Mach was draus!" – „Danke! Danke, mein Herr!", sagte der Toilettenmann, der nicht recht wusste, ob er das richtig verstanden hatte.

„Kreislauf! Kreislauf!", freute ich mich.

Diego Velázquez de Cuéllar

Als Pedro de Alvarado 1541 das zeitliche segnete, war der Gouverneur Kubas, Diego Velázquez de Cueéllar, schon bald zwei Jah-
zehnte tot. Und wie es dazu kam, hatte mit der inzwischen verwandelten Brosche des Zapoteken-
priesters zu tun.

Nach der Niederlage gegen Cortéz, die ihn Stolz
und wertvolle Soldaten inklusive Ausrüstung ge-
kostet hatte, fand sich der Gouverneur in einer veri-
tablen Finanzkrise wieder. Große Teile des Insel-
haushalts hatte er in diese Unternehmung investiert,
dazu einen bedeutenden Teil seines diskret an die
Seite gebrachten privaten Vermögens. In seinem
Palast in Santiago de Cuba türmten sich die alltäglichen Probleme in immer deutlicherer Weise auf: Die
Insel war zwar problemlos unter Kontrolle zu halten, doch dies lag vor allem daran, dass diejenigen,
die eigentlich einst hier wohnten, immer weniger
wurden. Die Aufmüpfigen unter den Eingeborenen
hatte man recht schnell niedergestreckt, die Auf-
rechten gefoltert und verschleppt, die Furchtsamen
in die Flucht geschlagen. Zudem waren diese Indios
störrisch, da sie sich nur sehr schwer zu einer Skla-
ventätigkeit motivieren ließen und recht fragil, da
die eingeschleppten Krankheiten aus Europa unter
ihnen wüteten wie sonst nur Pedro de Alvarado
unter den Azteken. Zwar gab es schon interessante
Arbeitsmarktmodelle, etwa mit diesen pechschwar-
zen, menschenähnlichen Kreaturen aus Afrika, doch

dieses Geschäft steckte noch etwas in den Kinderschuhen.

So war Diego in der prekären Lage, zwar genug Einfälle und Projekte zu haben, die als Geschäftsidee eine echte Chance verdient gehabt hätten, jedoch fehlten ihm immer im entscheidenden Moment Mittel, Leute oder Glück.

Die Errichtung einer neuen Hauptstadt, Havanna, misslang zunächst, weil an dem ausgewählten Ort eine derart heftige Ungezieferplage herrschte, für die sämtliche Kämmerjäger Europas nicht ausgereicht hätten, um dieser Viecher Herr zu werden.

Einer dringenden Nachfrage aus seiner Heimat, er möchte bitte dieses zuletzt gesandte köstliche süße Rohrgewächs in Mengen ausbringen, ernten und nach Spanien verschiffen, konnte er nur unzureichend nachkommen, da die harte Arbeit, die das Anbauen von Zuckerrohr mit sich brachte, von den spanischen Auswanderern auf der Insel nur ungern verrichtet wurde: War man doch extra hier in die neue Welt gekommen, um nicht mehr für irgendwelche adligen Herren den Puckel krumm zu machen.

Diego Velázquez de Cuéllar seufzte, als er an seinem Schreibtisch saß, links und rechts Berge von noch nicht erledigtem Schriftverkehr.

Er hätte nicht diesen verdammten Cortéz schicken sollen, der sich wahrscheinlich inzwischen auf einem Thron aus puren Gold von zwölf indianischen Trägern durch den Dschungel und das Hochland von Mittelamerika tragen ließ, wie von einem Feldherrenhügel von diesem Thron aus Befehle gab und an jedem Abend – ein jungfräuliches Indianermädchen auf dem Schoß – immer noch auf dem Thron sitzend links und rechts am Boden das Auswiegen des an diesem Tag wieder erfolgreich zusammengebrachten Goldes überwachte und es höchstselbst – schließlich war er ja im Erstberuf Sekretär – penibel in einem Geschäftsbuch protokollierte.

Während er über seine Probleme brütete, hatte er stets die ihm von Pedro gewidmete Münze, den Ma'trabal, in der linken Hand, rieb über die Oberfläche, mal über die Zahlen, mal über sein eigenes Konterfei. Das schwere Stück aus purem Gold beruhigte ihn einerseits, erinnerte ihn jedoch andererseits fortwährend und schmerzlich daran, dass da, wo es herkam, Schätze von unermesslichem Umfang darauf warteten, von Cortéz geraubt zu werden.

So reibt er auch an diesem schwülen Abend im Sommer 1524 an der Münze, als er schlagartig innehält: War es ihm gerade, als ob er plötzlich – nur für eine Winzigkeit des Augenblicks – ein Stück glühender Kohle in der Hand hatte?

Es durchfährt ihn! Er wirft die Münze hastig auf den Schreibtisch und starrt sie an.

Er sieht sich selbst, sein Profil. Wieder befällt ihn dieses unangenehme Jucken im Nacken und unter den Armen, das er sich irgendwie seit der Niederlage gegen Cortéz eingefangen hat. Diesmal juckt es stärker, sehr stark sogar, es scheint zu brennen!

Und auch die lästigen Probleme mit den Hämorrhoiden, die ja nahezu zeitgleich angefangen hatten, plagen ihn in diesen Tagen wieder stärker als zuvor. Er setzt sich wieder hin und fixiert die Münze, während er sich unter den Armen kratzt und auf dem Stuhl mit dem Hintern hin- und herschubbert, und erstarrt: In dem Moment, da das Jucken und Brennen in Achsel und Arsch am heftigsten ist, ist es ihm, als ob die Münze, sein Bild, anfängt zu glühen!

Er springt mit einem Ruck auf, sodass der schwere Stuhl nach hinten fliegt und presst sich mit dem Rücken an die feine Tapete des Zimmers: Satan! Satan ist in dieser Münze!

Und Satan ist es, nein: Diese Münze ist es, die für sein ganzes Missgeschick verantwortlich ist!

In dem Moment, in dem sie in sein Leben getreten ist, hatte sich das Glück von ihm abgewandt!

Und hatte er nicht Panfilo zum Abschied damit zugewunken?

Welch ein Narr war er!

Damit hat er damals beim Auslaufen der Schiffe den Fluch auf die ganze Expedition übertragen!

Die Münze muss fort! Sofort!

Doch halt: Sein Bild ist ja darauf! Sein Profil! Ist das nicht so etwas wie die Adresse auf einem Brief? Natürlich! Wessen Konterfei auf diesem Bild ist, dem ist Verdammnis bis in alle Ewigkeit gewiss!

Sofort lässt er einen Diener in den eingelagerten persönlichen Gegenständen suchen, die sein ehemaliger Sekretär Cortéz in Santiago zurückgelassen hat, und siehe da: Es findet sich ein Scherenschnitt mit Cortéz' Profil.

Danach bestellt er nach einem Kunstschmied und weist ihn an, eine eiserne Gußform von der Größe wie diese da (und dabei zeigt er vorsichtig auf das große Goldstück auf seinem Schreibtisch) anzufertigen und die gesamte Münze einzuschmelzen und umzugießen, was er persönlich – aber natürlich mit gebührendem Abstand – überwacht, damit der Schmied nicht etwa mit der Münze reißaus näme oder ein Stück Blei beimengen und sich im Gegenzug etwas Gold dafür abzwacken würde.

Sobald das neue Goldstück mit Cortéz' Antlitz und der Prägung „AD1524 Santiago de Cuba" auf der anderen Seite fertig war, schloss er die Münze zusammen mit einem Brief in einer kleinen, schweren Schatulle ein und machte sich damit auf zur Kirche: Dort zog er den Bischof in den Beichtstuhl, offenbarte inbrünstig alle seine Schuld (wobei es ihm vor allem um Delikte zum Themenkreis der Wollust und Völlerei ging), empfing die Absolution und die Gewissheit, dass von nun an Gesundheit und wirtschaftlicher Erfolg wieder bei ihm Einzug halten würden. Einem weiteren Ansinnen Diegos – nämlich einen Exorzismus bei dem Kästchen durchzuführen – lehnte der Bischof mit Verweis auf vatikaninterne verwaltungstechnische Schwierigkeiten ab.

Am selben Abend schickte der nun von allen Sünden freigesprochene Gouverneur seinen kammerdiener mit dem Kästchen zum Hafen, um dort für eine ordentliche Summe einen zuverlässigen Schiffer mit einem guten Segel ausfindig zu machen, der den Auftrag erhielt, dieses Kästchen persönlich an Hernán Cortéz zu überbringen. Cortéz bräuchte nur den Erhalt zu quittieren, und der Kapitän hätte bei seiner Rückkehr nochmal dieselbe Summe erhalten.

Der Diener tat, wie ihm geheißen – der Kapitän, Fernando Nuñez, nicht: Wenn – so war dessen Kalkül, der Kammerdiener des Gouverneurs ihm einen ganzen Jahreslohn zahlte, um ein Kästchen zu Cortéz zu bringen, um wie viele Male wertvoller musste der Inhalt dieses Kästchens selbst sein? So stach er am nächsten Morgen Richtung Mittelamerika in See, nahm jedoch ab mittags Kurs zunächst in den Golf von Mexiko und dann um Kuba herum: Denn er hatte einen Cousin, der auf den Bahamas, nördlich von Kuba, sesshaft geworden war und gedachte sich bei ihm niederzulassen, sich in sein Geschäft einzukaufen und dessen Halbschwetser zu ehelichen.

Diego Velázquez de Cuéllar hingegen sah sich von allem Zorn Gottes oder des Satans befreit und dachte an neue, gute Geschäfte: So erwartete er in diesen Tagen einen Verbindungsmann aus Europa zu treffen, den er mit einer neuen Pflanze, deren getrocknete Blätter angezündet einen obskuren und betörenden Rauch verursachten, in die Hauptstadt des Weltreiches geschickt hatte mit dem Hinweis, dass er bei Bedarf größere Mengen dieses sogenannten *Tabaks* schicken könne.

Doch das Eintreffen des Gesandten erlebte er nicht mehr, denn das einzige, was ihn in seinem 59 Lebensjahr noch traf, war der Schlag.

Fußball ist unser Leben

Also doch nur 6,17€ und die 32 Cent Rückgeld vom Einkauf. 6,49€. Es fehlten 13,50€ zum Hulkbuster. Und die Sonderpreis-Aktion galt nur in dieser Woche. Und mit Sicherheit würde irgendein Schnäppchenjäger oder der für die Spielzeugabteilung zuständige Mitarbeiter den letzten Karton hinter dem Lego-Duplo-Bauernhof aufstöbern. Mama und Papa anpumpen war nicht; die stritten sich auf dem Rückweg im Auto. „Wie kann das denn sein? Wir haben doch den ganzen Monat nach Plan das Geld eingeteilt!" Der Vater schnaubte. Er hatte das Fenster etwas heruntergelassen und stieß eine Rauchwolke aus dem Wagen. Seine Frau nahm sich eine der Zigaretten aus der gerade gekauften Lucky-Strikes-Packung. Auch sie kurbelte das Fenster etwas herunter, sog an der Zigarette und blies den Rauch aus dem Fenster. „Es ist wieder Quartalsende! Am 20. von jedem letzten Quartalsmonat werden die Überziehungszinsen für den Dispo abgebucht. Mal wieder über 37 Euro!" – „Ey, das nächste Geld kommt erst in vier Tagen! Wie soll das denn gehen?"
Der Vater bremste abrupt, hupte, schrie: „Du Spasti!", gestikulierte und moserte weiter: „Ey, selbst die Fluppen und das Bier reichen gerade mal bis morgen!" – „Wir haben einfach mal wieder die scheiß Dispo-Zinsen vergessen", fluchte die Mutter. „Die reiten uns immer wieder rein!" So ging es die ganze Fahrt. Der Vater war sauer, die Mutter war traurig, Pascal hustete und rieb an mir.

Zuhause angekommen schleppten sie – es regnete immer noch – den Einkauf in die Wohnung. An der Haustür zog der Vater die Werbepost aus dem Briefkasten, er stöhnte. „Nachher kommen noch die Wochenzeitungen, die müssen wir dann noch rumbringen, was Großer?" Pascal nickte.

Auf dem Küchentisch stand noch ein benutzter Teller und eine leere Dose Monster-Energie-Drink. Die Mutter wies darauf: „Normale Cola würd's doch auch tun, oder?" – „Ja klar, jetzt bin ich's wieder in Schuld, oder was?" - „Nein, das meine ich nicht. Aber wir müssen uns halt einschränken. So'ne Dose kostet 1,39€, halber Liter. Cola kostet 39 Cent, ein ganzer Liter! Du trinkst locker zehn von diesen Dosen im Monat." – „Verdammte Kacke, was ist das für ein kack Leben, wenn man nicht mal was NORMALES trinken kann, sondern immer nur diese Billigscheiße! Soll ich mittags lieber 'nen Bier trinken deiner Meinung nach?"

Die Mutter schwieg, sortierte die Einkäufe in Kühl- und Küchenschränke. Der Vater war weiter sauer: „Ein paar Fluppen, abends 'nen Bier, ab und zu so ein Drink: das ist der einzige Luxus, den ich mir erlaube. Und das kann ja wohl nicht zuviel sein!"

Er räumte mürrisch den Teller weg. „Großer!" Pascal sah auf. Sein Vater zwinkerte ihm zu, wies auf die leere Monster-Dose. „Danke!" Pascal schnappte sich die Dose. Der Vater öffnete die Verblisterung von den Angebotsprospekten, die im Briefkasten waren, darunter fand er eine einzelne Karte mit Werbung. *Geld sofort!* stand darauf. Er setzte sich und sah sich die Karte genauer an: Er kannte das Symbol der

Internetbank, die hier mit einer Postwurfsendung für *unkomplizierte und schnelle Kredite* zwischen 2.000-10.000 Euro warb. „2.000,-€ für nur 57,-€ monatlich", murmelte der Vater. „Was ist?", fragte sie. „Schau mal. Wir kommen doch immer ins Schlingern am Quartalsende, wegen der 37,-€ Dispozinsen, die dann immer zusätzlich fällig werden." – „Willst du jetzt 'nen Kredit aufnehmen?" – „Ja, rechne doch mal: Wir sind dauernd im Dispo. 1.500,-€ Überziehung haben wir. Und jedes Quartalsende geht das sogar darüber, und wenn dein Geld vom Putzen und mein Geld vom 450,-€-Job und Hartzgeld mal gleichzeitig reinkommen, dann schaffen wir es gerade auf minus 200,-. Aber wenn wir jetzt 'nen Kredit aufnehmen und das alles abbezahlen, dann sind wir endlich nicht mehr im Minus!" – „Aber 57€ im Monat zusätzlich, wo soll das herkommen? Da sind wir doch wieder nach und nach voll im Dispo drin. Wir müssen mit jedem Euro genau rechnen", seufzte die Mutter. „Außerdem: Wir haben doch schon den Ratenkredit für das Bett. Meinst du, die Bank da gibt Leuten wie uns noch einen Kredit?" Der Vater nickte leise, als die Mutter nicht hinsah, steckte er die Karte in seine Hosentasche.

Kurz darauf kam der Lieferwagen, der die Wochenzeitungen zu den Verteilern brachte. Pascal und sein Vater halfen beim Abladen, 20 Päckchen a 20 Zeitungen stapelten sich unter dem Vordach der Eingangstür. Es nieselte noch. Pascal holte den kleinen Bollerwagen aus dem Kellerverschlag, hievte die Zeitungsstapel hinein. Während er mit seinem Vater die Zeitungen verteilte, rechnete er: 13,25€

fehlten ihm jetzt noch, das sind zum Beispiel 53 Plastikflaschen oder Dosen. Eine ganze Menge.

Die Mehrfamilienhäuser, in denen sie selbst wohnten, waren schnell mit Zeitungen versorgt. Hier wurde man bei den sechs alten Häusern in der Stichstraße immer acht Zeitungen auf einmal los, anfangs leerte der Wagen sich immer zügig. Doch dann ging es in die nächsten Straßen: Da war eine Sackgasse mit alten einfachen Einfamilienhäusern, immer 10-15 Meter bis zum nächsten Haus, der Eingang lag oft nicht nach vorne zur Straße hin, sondern an der Seite mit ein paar Treppenstufen hinauf. 20 Häuser gleich 20 Zeitungen, die länger, immer viel länger dauerten als die über 50 Zeitungen, die sie quasi mit einem Schlag in seiner Straße los wurden.

Der nächste Straßenzug war gesäumt von Reihenhäusern, die immer über Stichwege von der Straße aus erreichbar waren. Immer vier Häuser in einem Stichweg, drei Stichwege links, drei rechts. Wieder 24 Zeitungen weg.

Danach kam ein langer Straßenzug mit Mischbebauung: Den galt es etwa einen knappen Kilometer abzugehen, zwischendurch noch zwei Sackgassen. Der Regen wurde wieder etwas stärker. Nach einer der Sackgassen hatte Pascal ein Erfolgserlebnis: In einem Gebüsch, das er schon kannte, erspähte er in dem üblichen Müll, den andere Kinder hier gerne hinterließen, eine leere Coladose, sogar mit dem Emblem seines Lieblingsvereins! Jetzt waren es nur noch 52 Dosen oder Flaschen, die er brauchte!

„Schau mal, Papa!" Sein Vater sah auf, er hatte eine Zigarette im Mund und schnitt gerade mit einem kleinen Taschenmesser die Plastikbanderole einer weiteren Zeitungsstapels auf. „Prima. Immer schön aufheben! Das Geld liegt auf der Straße..", sagte er und Pascal fuhr automatisch fort: „..man ist nur zu faul zum Bücken!" Beide lachten.

„Und jetzt, wo ich das Emblem vom FC sehe: Was meinst du, was erst bei einem Heimspiel an Pfand- flaschen rumliegt." Pascal horchte auf. „Meinst du, ich könnte da mal hin?" Der Vater machte einen weiteren Zeitungsstapel auf, immer noch die Zigarette im Mund, nahm ca. zehn Zeitungen auf den Arm und sagte beiläufig: „Ein Ticket ist momentan absolut nicht drin, sorry." – „Ich meinte auch, um dort Flaschen zu sammeln!" Der Vater blieb stehen, schaute ernst und ein bisschen traurig. „Das verbiete ich dir! Da hast du nichts verloren! Da gehen nur Bettler hin!"

Doch der Gedanke ließ Pascal nicht mehr los. 52 Plastikflaschen oder Dosen. Das müsste doch zu schaffen sein!!

Zwei Tage später hatte er sich mit einem kleinen Rucksack ausgestattet, in dem noch ein leerer Müllsack und eine große leere Plastiktüte vom Supermarkt waren. Als Proviant hatte er eine kleine Plastikflasche Apfelschorle und zwei süße Fertig- brötchen eingepackt. Zuhause hatte er gesagt, dass er bei einem Freund zum Spielen sei.

An der Haltestelle wartete er und war aufgeregt: Heute würde er das notwendige Geld für den Hulkbuster zusammenbekommen. 52 Flaschen! Nein, nur 51, denn die Apfelschorle-Flasche in seinem Rucksack durfte er gewiss behalten. Das müsste doch schnell gehen!

An der Haltestelle waren auch schon einige Fans: Schal, Mütze, Trikot, viele ein Bier in der Hand. Allerdings Glasflaschen. Zunächst dachte er sich nichts dabei. Als die Bahn kam, war sie schon überraschend voll mit Fans. Lautes Stimmengewirr, deutlich war Vorfreude und Anspannung zu spüren, fast alle tranken – aus Glasflaschen.

Langsam dämmerte es Pascal. Mit jeder der vier Haltestellen, die er zum Stadion fuhr, kamen noch mehr Leute hinein. Es wurde enger, richtig eng, die Luft dicker. Gesänge wurden angestimmt, Bier getrunken, etliche Flaschen geleert. Pascal begann zu rechnen: Eine Glasflasche bringt nur acht Cent und ist zudem ziemlich schwer. Um 13 Euro mit Glasflaschen zusammenzukriegen, brauchte man – er konnte es im Kopf nicht rechnen - aber es waren über 150 Flaschen! Das war unmöglich! In seinen kleinen Rucksack passten vielleicht zehn Flaschen, in die Plastiktüte 20, der Müllsack würde reißen, machte er ihn ganz voll... Der Mut verließ ihn ein bisschen. Dann erreichte er den Zielbahnhof am Stadion, die Türen gingen auf und versprachen Platz und frische Luft. Es regnete, ein älterer Herr stand vor der Straßenbahntür und sagte laut: „Heja, heja FC, und wer Leergut hat, bitte hier hinein!", und hob dabei eine große blaue Tasche von Ikea aus derben Kunststofffasern hoch. Wie bei der Kollekte in der Kirche ließ einer nach dem anderen seine leere Flasche in den Beutel gleiten, der alte Mann sagte jeweils „Danke" und lächelte ehrlich. Als Pascal an ihm vorbeiging, lugte er in die Tasche, die der alte Mann mit beiden Händen festhielt: Rund

15 Flaschen waren darin, auch zwei leere Bierdosen! Der Bahnsteig leerte sich, Pascal beobachtete den Mann, der mit der Tasche zu einem Einkaufwagen ging, in den er die Flaschen akkurat neben- und ineinander legte: der Wagen war schon mit drei bis vier Schichten Flaschen gefüllt, am Griff hing ein Müllbeutel, in den der Mann die Dosen sortierte. Pascal bemerkte, dass noch ein weiterer alter Mann mit einem Beutel zu dem Wagen kam und seine ergatterten Flaschen einsortierte, in Abständen von zehn Metern hingen grobe Plastiktüten an den Geländern bis zum Aufgang der Bahnstation, auch hier legte der eine oder andere Fan seine leere Flasche hinein.

Pascal folgte dem Strom der Fans, kam schließlich zu einem großen Platz vor dem Stadion: Hier gab es Bierausschank, es roch nach Bratwurst, Pommes und Eintopf. Fast jeder hatte ein Bier in der Hand, Plastikbecher oder Flasche, einige auch Dosen!

Es gab also auch Dosen!!

Pascal wurde aufgeregt, analysierte die Situation. Zwischen den Gruppen aus Fans tauchten immer wieder Menschen auf, die nicht ein Fußballspiel anschauen wollten: Ein dicker, ungepflegter Mann mit drei vollen Plastiktüten in einer Hand durchschritt die Menschenmenge, den Blick suchend auf den Boden gerichtet.

Am Wegesrand stopfte gerade eine ältere Frau eine Glasflasche in einen schon randvollen schäbigen Einkaufstrolley.

Weiter vorne, Richtung Einlass, stand ein afrikanischer junger Mann mit einem Einkaufswagen voller

Glasflaschen, aus dem es nach unten von auslaufendem Restbier tropfte. Er lächelte fröhlich, hatte einen Schal des Vereins umgeschlungen, in seinen Rastalocken verfingen sich Regentropfen, ein Auge war komplett weiß, er stützte sich neben dem Einkaufswagen auf eine Krücke.

An einer anderen Ecke sah er einige zum Bersten volle Ikea-Taschen mit Glasflaschen, die in Pfützen an einem Zaun standen. Davor ein großer grober Mann, der sie bewachte und gerade von einem Jungen, der etwas älter als Pascal war, eine kleine Plastiktüte mit Leergut angereicht bekam.

Pascal musste erkennen, dass der Markt voller Mitbewerber war. Ziellos und ein wenig mutlos meanderte er zunächst durch die Menschenmenge, entfernte sich ein wenig, ging zurück Richtung Haltestelle, dann wieder Richtung Stadion.

Aber Pascal wäre nicht Pascal, wenn er sich dieser Herausforderung nicht stellen würde! Er stand jetzt etwas abseits, rieb energisch an mir, ganz so, als würde er jetzt einen Entschluss fassen: Es musste jetzt ein Anfang gemacht werden!

Am Rand in einer Pfütze lag eine leere Bierflasche. Er holte die leere Plastiktüte aus seinem kleinen Rucksack, hob die Flasche mit zwei Fingern auf, schüttelte das Regenwasser und die Neige ab und steckte sie hinein. Er blickte sich um: Kaum jemand nahm Notiz von ihm, niemand beanstandete, der Besitzer der Flasche zu sein, keiner der anderen reklamierte sie für sich: Sie gehörte jetzt ihm und damit der Pfandwert von acht Cent. Das Geld liegt auf der Straße! Jetzt musste es weitergehen, jetzt war er einer von ihnen.

Schnell hatte er etwa zehn Glasflaschen zusammen, als ein Mann ihm eine leere Dose hinhielt: Sein Herz schlug ein wenig höher, der Mann lächelte kurz und ging weiter. Pascal sah dorthin, wo der Mann herkam und ging in diese Richtung: Es war in Richtung einer anderen Haltestelle und die Fans, die ihm hier entgegenkamen, hatten eher Dosen als Flaschen in der Hand. Die Ursache dafür fand sich rasch: Das Zentrum dieser Haltestelle bildete ein großer Grillstand, der an drei Stellen mit Getränkeständen ergänzt war: An allen Getränkeständen gab es neben gezapftem Bier auch Halbliterdosen für 3,-€.

Zahlreiche Gruppen von Fans standen zusammen. Pascal sah nur die zahlreichen Bierdosen, die hier versammelt waren – und das sah mit ihm eine ganze Horde weiterer Leergutsammler: Es gab zum Beispiel einen jungen, hageren Mann, er trug eine Nickelbrille, ein schäbiges schwarzes Stoffsacko und Einmalhandschuhe. Er führte das Rollgestell eines Einkauftrolleys mit sich, darauf waren zwei Klappkisten übereinandergestapelt und mit einem alten Expander fixiert, die leeren Dosen und auch einige Flaschen in Reih und Glied nebeneinandergestellt. Überhöflich ging er von Gruppe zu Gruppe und fragte: „Dürfte ich Sie um die Dose bitten, wenn sie leer ist?"

Daneben durchstöberte ein Rentner mit einer Müllzange ein Gebüsch.

Eine ältere kleine, verbissen dreinguckende Frau wuselte durch die Gruppen der Fans und sprach jeden auf seine Dose an. Als sie an Pascal vorüberkam und seine Plastiktüte sah, zischte sie: „Verpiss dich!"

Pascal stellte sich wieder etwas abseits, sondierte die Lage. Eine Gruppe von sechs Fans, die allesamt den gleichen Fanclubpulli trugen, alle ein bisschen dick waren und ansonsten ziemlich nett aussahen, beschaute er genauer: Bei zwei von denen war die Dose fast leer, das konnte man am Neigungswinkel beim Trinken sehen.

Als er sich gerade einen Ruck geben wollte, um die Fans anzusprechen, wich er zurück: Die kleine verbissene Frau drängte sich in die Gruppe, stieß einen sogar an. „Dose leer?", fragte sie fordernd, streckte die eine Hand aus, die andere hielt den schon üppig gefüllten Müllsack hoch. Missmutig trank einer der Fans aus und warf ihr die Dose in den Sack, der andere fuhr sie an: „NEIN!! Nicht leer! Hab ich dir vorhin auch schon gesagt!" – „Dose leer!", bestand sie. „Hau ab, du kriegst die Dose nicht." Die Frau drehte ab ohne jede Regung. „Jedes Mal geht die alte Hexe mir auf die Eier!", beschwerte sich der andere Fan bei seinen Kumpels, die ihrerseits nickten und wieder einen Schluck nahmen.

„Nicht Frechheit, sondern Höflichkeit siegt!", sagte sich Pascal. „Und fragen kostet nichts!" Er wartete noch ab, bis der eine Fan, der sich so über die Frau aufgeregt hatte, den letzten Schluck nahm. Dann näherte er sich der Gruppe und fragte schüchtern: „Dürfte ich vielleicht ihre Dose haben?" – „Klar, hier!" – „Warte mal", sagte der nächste, nahm einen großen letzten Schluck und gab ihm auch seine Dose. „Wer so nett fragt, der kriegt auch was!" – „Danke! Danke schön!"

Pascal hatte seine Marktnische gefunden. Und seinen

Rhythmus: Wie zufällig schlenderte er nun zwischen den Gruppen der Fans hin und her, verbarg die gläsern klimpernde und zunehmend auch blechern scheppernde Plastiktüte etwas hinter seinem Rücken, um sie in dem Moment, in dem er einen Fan bei einem letzten Schluck erwischte, hervorzuziehen und höflich von unten nach oben zu fragen. Rasch füllte sich innerhalb einer halben Stunde sein Rucksack mit 14 Dosen, nach und nach sortierte er sogar die Flaschen aus seiner Plastiktüte, in der er nun schon 17 Dosen hatte. Zum Teil kamen Leute mit ihren leeren Dosen sogar zu ihm. Einer sagte: „Pass gut auf in der Schule, damit du das später nicht beruflich machst!" Ein anderer steckte ihm sogar einen Euro zu. Pascal näherte sich Dose um Dose seinem Ziel an, dem Hulkbuster für 19,99€.

Inzwischen hatte er auch zwei Cola-Dosen ergattert, denn ein Fußballspiel ist ja auch ein Ort, an den Kinder aus normalen Familien von ihren Eltern mitgenommen werden.

Je näher der Anstoßzeitpunkt rückte, desto leerer wurde der Stand und desto mehr verlagerten sich auch die Leergutjäger in Richtung Stadion.

An den Ständen war inzwischen kaum noch etwas los, jedoch mussten die Fans rund um die Einlasstore relativ lange warten, da die Einlasskontrolle nicht Schritt halten konnten mit dem Andrang der Massen.

Und so findet sich Pascal wieder inmitten dieser großen Menschenmenge, die zum überwiegenden Teil mit einer Flasche oder Dose Bier ansteht, fachsimpelt über die Aufstellung, sich aufregt über den Videoschiedsrichter und dass es heute mal wieder besonders lange dauert. Pascal hat sich einfach mit der Menge Richtung Stadion treiben lassen, überholt, wo es ihm durch seine geringe Größe und gute Gewandtheit leicht fällt, spricht im Minutentakt Menschen an. Einige haben ihn währenddessen auch angepflaumt. „Hör auf mich anzuschnorren!" – „Junge, geh nach Hause!" – sogar „Würde mich schämen, wenn mich meine Eltern betteln schicken würden!", hat einer gesagt. Umstehende schütteln zum Teil den Kopf.

Pascal sammelt nun seit zwei Stunden. Es fehlt nicht mehr viel: Er hat die Übersicht verloren, zum Zählen keine Zeit. Vielleicht noch zehn, zwölf Dosen. Vielleicht auch nur acht. Wieder kriegt er eine, schlüpft durch eine Lücke, den Müllbeutel, den er inzwischen verwenden muss, schon recht voll. Da steht er plötzlich mitten vor dem Afrikaner mit dem einen weißen Auge: Er hat sich vor das Absperrgitter genau zwischen zwei Anstehschlangen gestellt, vor ihm der Einkaufswagen, fast bis oben hin gefüllt, unter dem Einkaufswagen ein voller, zusammen-gebundener Müllbeutel, in der einen Hand die Krücke, in der anderen eine fast volle Plastiktüte. „Nur der FC!", lacht er fröhlich. Als er Pascal sieht, weicht sein Lächeln. Er ist aber nicht unfreundlich, beugt sich zu ihm herunter: „Hier leider schon besetzt!", und weist ihn mit dem Finger weg. Pascal nickt, will sich schon umdrehen, da tippt ihm der Schwarze auf die Schulter: „Nur der FC!" und gibt ihm eine leere Bierdose aus seiner Plastiktüte und blinzelt ihm mit dem weißen Auge freundlich zu. Pascal drängt sich nun gegen den Strom, findet einen

Baum, an dem sich der Strom teilt und postiert sich dort. Er ist ziemlich geschafft: Der dauernde leichte, aber beständige Regen hat seine Jacke durchdrungen, durch seine Turnschuhe ist Schmutzwasser bei einem Tritt in eine Pfütze eingesickert. Seine Hände sind völlig dreckig, seine Jacke und Hose voller Spritzer. Er sieht an sich herab: Wie er in seinen billigen, durchnässten Turnschuhe auf dem nassen, dreckigen Boden steht, aber er ist auch stolz: Üppig bläht sich der Müllbeutel, an seinem Rücken spürt er – genau dort – wo schon seit einer Stunde das Tropfwasser zwischen Jacke und Rucksack hindurchsickert, den Dosenschatz zwischen seinen Schulterblättern. Als er so auf seine deckigen, schäbigen Schuhe schaut, schreckt er auf: Neben seinen Schuhen stehen Turnschuhe derselben Größe; weiß und mit roter Sohle! Er sieht hinauf: Es ist der Junge aus dem Rewe mit der Camouflage-Jacke! Er trägt eine FC-Kappe, eine wasserabweisende FC-Trainingsjacke, darunter wird das aktuelle Auswärtstrikot sichtbar. Der Junge schaut Pascal an, während er einen letzten Schluck aus seiner Coladose nimmt. Pascal wagt nicht, etwas zu sagen. Der Vater des Jungen hält zwei Eintrittskarten in der Hand. 56,80€ steht auf jeder. Dann hält der Junge Pascal die Dose hin.

Er sieht ihn nicht an dabei.

Ioannis Kapodistrias

„Jetzt möchte ich mal kurz die Gelegenheit ergreifen, um euch von meiner erste Begegnung mit dem witzigen 20er zu berichten.
Sag' mal, witziger 20er, warum bist du eigentlich so witzig?" – „Oh nein, das hat er doch schon vor zwei Tagen alles erzählt!", echauffierte sich ein 50-Cent-Stück aus Österreich und eine andere 50er-Münze, natürlich die aus Deutschland, ergänzte: „Zudem ist diese Geschichte ja wohl alles andere als jugendfrei und gehört somit nicht hier hin!" – „Hör nicht auf die verklemmte Schachtel!", rief ein 2-Cent-Stück. „Los, erzähl es nochmal!", stimmte mit piepsiger Stimme ein italienisches 1-Cent-Stück mit ein, und ein anderer 20er, natürlich aus Frankreich, hauchte verführerisch: „Isch werd' immer ganz wuschig, wenn die Stelle mit dem glänzend polierten Chrom kommt."

Nun ja, natürlich hatte ich die Geschichte auch schon gehört, aber seit vier Tagen lagen wir – sieben Münzen aus fünf Ländern - schon zusammen in dieser Geldbörse, die Herrchen dummerweise im volltrunkenen Zustand zwischen Rücken- und Sitzteil eines Sofas versteckt hatte. Vielleicht aus alter Erfahrung, aus übertriebener Vorsicht oder aus einem Gefühl der Vorahnung heraus hatte er vor diesem Abend alle Kontokarten und Ausweisdokumente aus dem Portemonnaie ausgelagert und in die Bettschublade seines Hotelzimmers gelegt. Das Portemonnaie war für diesen Abend also *Reduced to the Max* – nur Kohle, sonst war nix drin. Der Abend wurde für ihn auch superlustig. Ein Schein nach dem anderen verabschiedete sich in den ewigen Kreislauf als Entgeld dafür, dass wiederum sein Kreislauf mit Bier, Shots und Longdrinks auf ein verlässlich vergessliches Level gebracht wurde.

Am Ende des Abends – oder besser schon: am frühen Morgen – taumelte er nur noch mit uns Münzen, insgesamt 3,43€, zum Hotel zurück, schmiss sich aufs Sofa und faselte noch von „Nichdasmirwasgeklautwird.." und schob seine Geldbörse mit uns darin zwischen die Kissen ins Sofa, um sich in einem letzten Aufbäumen zu erheben, einen kurzen unstabilen Zustand des Stehens zu durchschreiten – nein, eher zu durchwanken - , um anschließend wie ein Baumstamm bei der Fällung in die andere Richtung ins Bett zu krachen. Er schlief schon, bevor er aufschlug.

Der nächste Morgen wurde mit reichlich Desorientierung, kräftigem Übergeben und Durchsuchen des Hotelzimmers verbracht, das er dann nachmittags mit einem „Die scheiß Italiener klauen einem doch alles!" verließ, obwohl wir in Österreich waren.

Das ungarische Zimmermädchen machte die vollgekotzte Bude danach sauber und das Zimmer war dann erst mal leer, und wir erzählten uns eine Geschichte nach der anderen. Schon früh merkten wir jedoch, dass wir hier im Portemonnaie eine nicht gerade harmonische Gemeinschaft waren.

Als Großmünze hatte ich natürlich den Vorsitz und so achtete ich darauf, dass jeder der Reihe nach drankam und eine Anekdote erzählen durfte, was jedoch die 50-Cent-Münze aus Deutschland, die anscheinend bei einer distinguierten Altjungfer sozialisiert wurde, zu Protest herausforderte. Sie plädierte dafür, dass die Geldstücke gemäß ihres Wertes Redeanteile bekommen sollten, wobei ihr der österreichische 50er natürlich sofort beisprang - naja, da ist er wieder, dieser 50er-Münzen-Minderwertigkeitskomplex.

Natürlich drohte hier die Stimmung zu eskalieren: „Na, macht ihr wieder einen auf Achsenmächte?", fauchte der französische 20er. „Gemeinheit!", krakeelte das 2-Cent-Stück und die italienische 1-Cent-Münze ballte die Eins und drohte piepsend: „Wenn ich mal groß bin, werde ich ein 2-Euro-Stück, und dann kannst du dich warm anziehen, du trockene Pflaume!"

Der witzige 20er und ich sahen uns an und merkten sofort, dass wir auf einer Wellenlinie funkten, schließlich sorgte ich für hegemonialen Frieden: „Schnauze! Ich bestimme!! Jede Münze darf eine Geschichte erzählen, dann ist die nächste dran! Und die ehrwürdigen 50-Cent-Stücke dürfen anfangen."

Diese beiden nickten mir etwas säuerlich zu und fingen an zu erzählen. Wir merkten schnell, dass die 50er ziemlich lahme Erzähler waren. „Langweilig!", quiekte der 1er. „Nicht witzig!", bemerkte der witzige 20er. „Wie wäre es denn, wenn Sie uns dann mal mit einer niveauvollen, und, wenn es sein muss, witzigen Geschichte unterhalten?", sagte der österreichische 50er spitz zum witzigen 20er, und der deutsche 50er ergänzte: „Das wäre dann wohl auch seit Jahren der erste vernünftige Beitrag, den die

Griechen zur europäischen Währungsgemeinschaft beitrügen!" – ‚Jetzt Siezen sie uns auch noch!', dachte ich. In diesem Moment hatten sich wirklich alle gegen die beiden steifen 50er verschworen und fortan erzählten wir nur noch Geschichten, die besonders schlüpfrig waren, oder wie der französische Zwanziger sagte: „C'est bien, das war Rock'n Roll, mon Chérie!"

„Also gut,", begann der witzige 20er, „geboren wurde ich im Jahr 2014, natürlich in der griechischen Zentralbank."- „Ich wusste es", stöhnte der deutsche 50er, „er fängt bei Adam und Eva an!" Der witzige 20er fuhr unbeirrt fort: „Wie wir alle wurde ich nach der Geburt automatisch in einer Banderole mit 39 Geschwistern eingewickelt, mit neun weiteren Banderolen eingetütet und zur nächsten Bank verschickt. Da lagen wir nun Backe an Wange in diesen Geldrollen, alle auf der Rückseite bedruckt mit diesem Typen, Ioannis Kapodistrias. Soll ich euch was zu dem erzählen?" – „Hurra, ja!!", fiepten die 1- und 2-Cent-Münzen, die 50er verdrehten die Fünfen.
Der witzige 20er machte ein Wikipedia-Gesicht und fuhr fort. „Ioannis war im ersten Viertel des 19. Jahrhunderts ein außenpolitisch tätiger Diplomat. Nachdem die osmanische Vorherrschaft in Griechenland beendet wurde, war es Ioannis, der als erster Präsident Griechenlands den Auftrag bekam, dass in viele Inseln und ebenso viele Interessensparteien aufgeteilte Land zu einem zusammenhängenden Nationalstaat zu führen. Leider hat er das dann auch versucht nach dem Motto: ‚Dies und das ist

jetzt wichtig – deshalb muss dies und das verändert werden – und deshalb wird dies und das jetzt gemacht!'

Dabei legte er eine sehr große und für die damaligen Griechen irritierende Verbindlichkeit an den Tag, denn seine politische Agenda stand in völligem Widerspruch zu den regional einflussreichen Familienclans des Landes, die stets nach dem Motto verfuhren: ‚Dies und nur dies ist uns wichtig – deshalb wird dies so gelassen wie es ist – deshalb ist dies alles prima für uns.'

Ioannis war dann in seinem politischen Wirken eher humorlos und für viele seiner Landsleute viel zu konsequent – ähnlich konsequent waren dann jedoch auch seine Widersacher, denen 1831 ein konsequenter Meuchelmord an Ioannis gelang." - „Mein Gott, immer diese Gewalt!", grätschte der österreichische 50er dazwischen, und sein deutscher Kollege pflichtete ihm bei und tadelte: „Es sind Kinder anwesend!", und wies dabei auf die Kleinmünzen, die ihnen dafür die nicht vorhandenen Zungen rausstreckten.

„Aber kommen wir zurück zu mir und meinen Geschwistern: Wie alle von uns kauern wir in diesen Banderolen und haben nur doch ein Ziel: ‚Kreislauf!' – ‚Kreislauf!' – ‚Kreislauf!'

Mit diesem Schlagwort lauern wir eng aneinander gepresst genau auf den Augenblick, wo die Kassiererin mit einem beherzten Hieb gegen die Kassenschublade die Banderole aufbricht und wir endlich unserer Bestimmung entgegenpurzeln können."

In diesem Moment war es sehr still im Portemonnaie, denn jeder dachte an diesen Akt der Geburt, der bei einem jedem von uns der Auftakt für unseren Weg in den Kreislauf und in unser Leben mit den Menschen darstellt.

„Der Mensch, der mich geprägt hat, war Dimitrios Karmakonidapoulos, kurz Dimi. Er erhielt mich im Carrefôur Express Supermarkt in der Asklipiou 26 in Athen als Wechselgeld zurück, als er Windeln, vier Gläser Babybrei, ein Sixpack Mythos-Bier und zwei Weißbrote gekauft hatte. Zusammen mit dem anderen Wechselgeld landete ich zunächst in seiner Hosentasche, wo schon ein paar andere Münzen auf uns warteten: ‚Hier ist kein Platz mehr, das Boot ist voll!', beschwerte sich ein reaktionäres 10-Cent-Stück, während eine Ein-Euro-Münze beschwichtigte: ‚Das passt schon, wenn sich nicht jeder unnötig breit macht. Außerdem riecht ihr doch, dass Herrchen jede Münze gebrauchen kann!' -„Erzähl uns was Neues!", rief ein anderes, schon erfahrenes sozialistisches 20-Cent-Stück, „momentan ist jeder vierte hier in Hellas arbeitslos, Renten, Gehälter, Löhne und Sozialleistungen sind rigoros zusammengestrichen worden – da ist bei jedem tote Hose!!", und ein besserwisserisches 2-Euro-Stück meinte: „Einen vernünftigen Job kriegt der nicht zustande, aber Kinder in die Welt setzen, das klappt!"

Zuhause angekommen räumte Dimi hastig den Einkauf auf die Küchenablage, dann holte er mit einem Rollgriff uns Münzen aus der Tasche und klatschte uns unbeholfen auf den Tisch – dabei fielen einige Münzen herunter, unter anderem ich.

Unglücklicher- oder im Nachhinein betrachtet – glücklicherweise kullerte ich unter die Wickelkommode. Und während die anderen Münzen wieder flux im Kreislauf verschwanden, blieb ich bei Dimi und wurde von ihm geprägt. Hihi, lustig für eine Münze, das Wort ‚geprägt', gell?" Die Kleinmünzen kicherten, die 50er nicht.

„Dimi war 28 und hatte bis zur Wirtschaftskrise seines Landes ein gechilltes Leben geführt: Nach seiner Militärzeit hatte er angefangen zu studieren, und dieses Studieren hatte ihm soviel Freude bereitet, dass er sich entschlossen hatte, ein Fach nach dem anderen einfach mal „anzustudieren". Er fing mit Jura an, wechselte dann aber über Vorlesungen zur Rechtsgeschichte nach ein paar Semestern zu Philosophie und Geschichte auf Lehramt. Gleichzeitig lernte er damals eine junge, politisch aktive Studentin kennen – Magdalena, oder ‚Magda', wie er sie nannte, und entdeckte dabei sein Faible für Soziologie und Politikwissenschaften. Nebenher belegte er auch noch ein paar Vorlesungen zur Weltliteratur, und als er gerade mit einem Kurs zu Altgriechisch kokettierte, zeigte ihm Magda ihren positiven Schwangerschaftstest.

Sie heirateten und zogen zusammen in eine kleine Athener Wohnung, die seinen Eltern gehörte. In deren Betrieb – einem großen Möbelhaus - jobbte er nun vermehrt, bis die Wirtschaftskrise hereinbrach: Das Möbelhaus ging pleite, seine Eltern mussten die Wohnung für einen Spottpreis an einen reichen Zyprioten verkaufen und Dimi fand sich und seine kleine Familie am Ende der sozialen Skala wieder.

Er hielt sich mit kleineren Schreibarbeiten über Wasser – die Tageszeitungen hatten ihre Redaktionen ausgedünnt und auf Honorarkräfte umgestellt – doch sein bestes Talent hatte er im Bereich der Satire. Und genau in dieser Zeit kam ich zu ihm, als er tagelang zuhause in der kleinen Wohnung auf und ab ging und für einen Freund Sketche schrieb.

Dieser Freund war Alexis, der jedoch von allen nur ‚Pita' genannt wurde. Pita und Dimi kannten sich schon von der Schule, und der Name ‚Pita' steht in Griechenland für ‚Labertasche'. Denn Alexis fiel schon in der Schule damit auf, dass er einfach seinen Mund nicht halten konnte und zu jedem Thema seinen Senf – Pardon: sein Tsatziki – beisteuern musste.

Diese ungebremste Laberlust, verbunden mit einer imposanten Erscheinung - er war über 1,90m groß, füllig und schon mit Anfang 20 hatte er einen Vollbart, sodass er für den jungen Buds Spencer gehalten werden konnte – führten dazu, dass er schnell wichtige Leute beim Privatfernsehen für sich gewinnen konnte und bald der angesagteste Comedian Griechenlands war.

Mit dem Erfolg wuchs nicht nur sein Bauch, sondern auch die Bequemlichkeit und er verspürte immer weniger Lust, Bühnenprogramme und Fernsehskripte zu schreiben. Seine Eitelkeit ließ ihn aber nicht zu der bewährten Methode greifen, die sein Management – das noch ein halbes Dutzend anderer Komiker beschäftigte – ihm vorschlug: Sich nämlich einfach aus dem Pool von Autoren zu bedienen, die sich als Honorarkräfte verdingten. Pita setzte auf inspirierende Treffen mit seinem alten Schulfreund Dimi, der von jeher einen intelligenten Witz und ein geschicktes Sprachtalent besaß.

Zudem war Dimi extrem diskret und zu höflich, als dass er um mehr als die ein, zwei Scheine, die ihm Pita dafür zusteckte, beten würde.

Dimi war an diesem Tag, an dem er mich mit nach Hause nahm, sehr angespannt: Seine Frau war mit dem kleinen Söhnchen auf Naxos, wo ihre Tante eine kleine Pension betrieb. Dort konnte sie den Sommer über unterkommen und als Hausmädchen helfen.

Sie hatte nach einem gemeinsamen Kassensturz, in dem die höchst prekäre Situation der beiden deutlich wurde, eindringlich auf ihn eingeredet, einen festen Honorarvertrag mit Alexis auszuhandeln. Nächste Woche würde sie zurückkommen und von ihm belastbare Ergebnisse erwarten. Er versprach es, wusste jedoch, dass er es nicht würde unbedingt halten können, da er in finanziellen Dingen immer recht ungelenk war.

Heute wollte er Pita das neue Soloprogramm, das er für ihn in nur drei Tagen zusammengeschrieben hatte, vorstellen.

Er ging mit dem Manuskript in dem kleinen Wohnzimmer auf und ab. Der Titel des Programms war

,Arm aber sexy'

Untertitel: ,Von Griechen lernen heißt leben lernen!'

Er las dabei laut vor und tat so, als ob er sich an ein Publikum wenden würde:

‚Liebe Leute, wartet ihr auch alle hier? Ihr alle wollt hier hinein? Ach du meine Güte! Der Nummernautomat ist auch mal wieder kaputt. Wahrscheinlich ein griechisches Modell. Wer ist denn von euch als letzter gekommen?'

Sein Entwurf sah vor, dass das Bühnenbild der Warteraum des Arbeitsamtes ist. Als roter Faden sollte der ganze Abend so gestaltet sein, dass Pita die Alltagssorgen der Anwesenden auffängt und humoristisch verarbeitet. Zudem sollte niemand jemals eine Amtsperson zu Gesicht bekommen, womit er auf die höchst ineffiziente Verwaltung anspielen wollte.

Pita sollte sich in seiner Rolle als Arbeitsloser unter Arbeitslosen mit den bürokratischen Hürden und Labyrinthen des trägen griechischen, und des neuen, von der europäischen Troika auf Effizienz gebürsteten Systems auseinandersetzen und dabei mit Wortwitz, Situationskomik und Bauernschläue den staatlichen Institutionen und europäischen Aufsichtsgremien den Spiegel vorhalten und somit ein Schnippchen schlagen.

Würde auch niemand durch diesen Comedyabend zusätzlich in Arbeit kommen, so hätte man doch mit einem wohligen Gefühl der moralischen Überlegenheit und der Tatsache, dass der Grieche zumindest mit Humor den Tücken der Zeit begegnen kann, diese Veranstaltung verlassen.

Sein Skript sah als ein mögliches Ende sogar vor, dass Pita noch eine Metaebene einnimmt und in der Verkleidung des Aristoteles eine pathetische, flammende Rede zu Wirkung und Wichtigkeit der Komödie geben könnte, womit Dimi in Gedanken schon den Diskurs im nationalen Feuilleton besprochen sah, ob Aristoteles wirklich jemals etwas zur Komödie geschrieben hätte.

Vielleicht hätte Hollywood sogar angerufen mit dem Wunsch, das Drehbuch zur Fortsetzung von ‚Der Name der Rose' zu schreiben...

Er las eine ganze Stunde das Programm vor und ich muss sagen, ich habe mich köstlich amüsiert. Wenn ich eine Erbse gewesen wäre, hätte ich mich sogar abgerollt (- hier kicherten wieder die Kleinmünzen, als ob es kein Morgen geben würde – die 50er verkniffen sich ein Lächeln).

Dann klingelte es und mit einem großen Hallo kam Alexis in den Raum, der plötzlich viel zu klein schien, als dass neben ihm noch jemand anderes hier Platz gehabt hätte.

„Und, wie ist so im Showbizz?", fragte Dimi etwas ungelenk. Alexis ließ sich krachend auf die Couch plumpsen. „Alter, ich kann dir sagen, das Leben ist eine Schlangengrube. Seit ich die neue Show habe, kann ich mich vor willigen Regieassistentinnen nicht retten, HAHAHAHA!!" Seine Stimme füllte das gesamte Wohnzimmer aus als gelte es, in einem Saal für 200 Personen einen mauen Witz anzulachen. Pflichtschuldig lachte Dimi mit.

„Na komm Alter, gib mir mal 'nen Bier als zweites Frühstück und dann leg mal los, ich hab' nur 'ne halbe Stunde." Dimi tat, wie ihm geheißen, gab ihm ein Mythos-Bier aus dem Sixpack und erläuterte kurz das Konzept und das Intro. Alexis nuckelte an der Bierflasche. Mal zog er die Augenbrauen hoch, mal nickte er und lächelte, mal guckte er skeptisch, oft zog er sein Handy heraus und überprüfte, ob eventuell brandwichtige Nachrichten eingegangen sind.

„Na ok, denken wir mal in die Richtung weiter", sagte er und seine sonore Stimme füllte ähnlich wie seine Lache den Raum. „Aber du musst das Ganze wesentlich zotiger angehen: Denk doch mal an meine Zielgruppe! Anstelle des Nummernautomaten setzen wir einen Automaten mit Mythos-Bier. Ich zieh mir 'ne Flasche, mach die auf und sage: ;*Hey Leute, dann lasst uns mal gemeinsam einen abtanken! Übrigens: Ich hab den Bachelor als Altglassammler – also: die leeren Pullen zu mir!*' HAHAHAHA!! Das gibt doch sofort eine gemütliche Atmosphäre, was?"

Dimi rang sich ein Lächeln ab, Pita kam in Fahrt: „Und dann kommt bei dir ja diese Stelle, in der ich schildern soll, wie sehr ich ein Opfer der Umstände bin. Das ist viel zu kompliziert. Hier schau mal." Er blätterte im Konzeptpapier, das ihm Dimi zuvor gegeben hatte und zählte: „Eins, zwo, drei...sechs Sätze, und dann kommt erst die Pointe. Da schläft mein Publikum ein! Wenn du denen mit 'nem Satzgefüge kommst, kommt die Hälfte gedanklich schon nicht mehr mit. Deshalb musst du das Programm strukturell auf das Schema Drei-plus-Drei bürsten: Drei Einleitungssätze, dann drei Pointen!! Die Gagdichte!! Darauf kommt es an! Ich geb' dir 'nen Beispiel: *Die Lehrerin gibt den Schülern eine Hausaufgabe auf.* Satz eins = Einführung in die Situation.

Gefolgt von Satz zwei: *Fragt mal eure Eltern, was sie für Glücksbringer kennen – wer will, darf auch einen mitbringen.*

Satz drei = Spannungsaufbau zur Pointe: *Am nächsten Tag bringt Alexandra ein Schweinchen mit, Ilias ein vierblättriges Kleeblatt.*

Und jetzt die Pointen, Nr.1: *Der kleine Jannis bringt einen Dildo mit!* HAHAHAHHAHA!!!

Pointe 2 = Vertiefung: *Er sagt, dass seine Mutter ihrer Nachbarin gegenüber immer von ‚meinem Glücksbringer' redet!!* HAHHAHAHAHA!!

Pointe 3 = Übertreibung: *Sie hat auch noch von Oma einen Glücksbringer zuhause, der passt aber nicht in meinen Schulranzen!!* HAHAHHAHAHAHA!!"

Dimi schaute entgeistert drein, Pita war voll in Fahrt: „Und jetzt pass mal auf, wie ich mir das in diesem Arbeitslosenamt-Thema vorstelle, zum Beispiel so:

Bei uns sind die Ämter ja nur mit gewöhnlichen Fliesen ausgelegt. In Deutschland ist das anders: Die haben ja auch viel mehr Geld. Da sind die Arbeitslosenämter mit blankpoliertem Chrom ausgelegt: Da kann man bei den Rockträgerinnen sofort sehen, wer die Haare offen trägt! HAHAHAHAHAHA! Der Brüller, was?"

„Ja, also, dann eher in die zotige Richtung..", stimmte Dimi notgedrungen zu. „Genau." Alexis beugte sich zu seinem viel kleineren, pummeligen Freund, die wichtige Miene wurde durch seinen rhythmischen Zeigefinger verstärkt: „Nimm das tiefste Niveau, das du drauf hast – und dann noch zwei Stufen tiefer! Maurer, Metzger, Mörder, das ist die Zielgruppe. Die wollen nicht viel nachdenken. Die wol-

len zwei Stunden flache Witze hören und sich dabei auf die tätowierten Schenkel klopfen. Ein paar deftige Seitenhiebe Richtung europäische Union, syrische Flüchtlinge, Feministinnen und Schwule, und fertig ist der Trank! Alles klar?"
Alexis stand mit einem Ruck auf und strebte Richtung Tür. „Äh, du Alex, ich hab' da noch 'ne Frage...", druckste Dimi. „Ach ja,", sagte der Komiker, „pass auf: Ich brauch das Zeug übermorgen für Probeaufnahmen. Mach mir mal 'ne halbe Stunde fertig und dann sprechen wir über Kohle, ok?" – „Ah ja, alles klar, Danke!", entfuhr es Dimi erleichtert, Alexis mahnte – wieder mit dem rhythmischen Zeigefinger: „Ich hab's auch nicht mehr so dicke, keine übertriebenen Hoffnungen. Hast bestimmt gelesen, dass ich in der Krise jetzt freiwillig auf meine Honorare verzichtet habe!" – „Klar, natürlich hab' ich das gelesen, sehr nobel."

Klar hatte Dimi das gelesen, er wusste dies aber auch richtig einzuordnen.
Genau genommen waren es nicht mehrere komplette „Honorare", auf die Pita verzichtet hatte, sondern eine Honorarerhöhung. „Akt der Solidarität: Pita verzichtet auf Kohle!" stand groß auf der Vorderseite einer Boulevardzeitung. Im Innenteil las man dann, dass er auf eine schon ausgehandelte Erhöhung um 3000,-€ pro Sendung *aus Solidarität zu den Menschen in unserem Land* verzichtet.
Dimi wusste, dass Pita 8000,-€ für eine Sendung erhielt. Bei 32 Sendungen im Jahr – sie wurden wöchentlich ausgestrahlt, aber nicht das komplette Jahr über, denn der geschäftstüchtige Pita hatte sich Pau-

sen für seine Touren und Urlaube ausbedungen - waren das nur 256.000,-€.

Ungefähr genauso viel brachte ihm jährlich der Werbevertrag mit Mythos-Bier. Von sämtlichen Plakatwänden des Landes lächelte die griechische Bud-Spencer-Ausgabe auf Passanten herab, in allen Supermärkten des Landes lauerte im Getränkekorridor ein lebensgroßer Pappaufsteller von Pita, der wie ein großer Saufkumpel dem Endkunden einen Sixpack Mythosbier aufnötigt.

„Also Dimi,", Alexis formte seine Finger zu einer Pistole, „übermorgen früh hab' ich was im Körbchen?" – „Geht klar!" Alexis zwinkerte, gleichzeitig schnappte der Hahn seiner Fingerpistole los. „Und mach noch ein paar Späßchen über die scheiß Mazedonier, das kommt in den großen Städten gut an.", rief er im Heraustreten. Mit einem seitlichen Ausfallschritt nahm er sich noch ein kaltes Mythos-Bier aus dem kleinen Kühlschrank, dann fiel die Tür ins Schloss.

Dimi stand starr, schaute die geschlossene Tür an und seufzte: „Dir fehlt die Würze aller Wesen."

Witziger 20er: „Kochshow?"

Dimi: „Lady Macbeth."

Der Ma'trabal

Während der Gouverneuer von Kuba, Diego Velázquez de Cuéllar, plötzlich und unerwartet verschied, segelte Fernando Nuñez mit seiner kleinen Schaluppe an der kubanischen Nordküste entlang. Bisher hatte er es noch nicht gewagt, das Kästchen zu öffnen. Es war ja verschlossen. Er wusste, dass er es mit seinem Bordwerkzeug mühelos öffnen könnte, doch wollte er warten: Einerseits wollte er der Möglichkeit, vielleicht von Gefolgsleuten des Gouverneurs aufgespürt zu werden, vorbeugen: Ein aufgebrochenes Kästchen hätte seine Motive offen ans Licht gebracht, aber eine noch sorgsam verschlossen und versteckt gehaltene Kassette plus ein Seemannsmärchen von gebrochenem Ruder, heftigem Gegenwind und tückischen Strömungen, die seinen völlig entgegengesetzten Aufenthaltsort hätten erklären können, sollten Versicherung gegen einen solchen Fall sein. Andererseits sollten die vier Matrosen, die er an Bord hatte, absolut nichts von dem Schatz mitbekommen: Hätte er es geöffnet, wäre er vielleicht von Sinnen gewesen, hätte die Beherrschung verloren oder unvorsichtige Kommandos gegeben - nein: Fernando war schon immer ein sehr vorsichtiger Mann – ein Risikominimierer – der jetzt seine Chance gekommen sah und deshalb galt es nun, umsichtig und kühl zu handeln: Sobald die Bahamas erreicht waren, würde er den Männern die Heuer auszahlen, die 15jährige

Halbschwester seines Cousins heiraten, zwei Dutzend Indios an die Sklaverei gewöhnen und Zuckerrohr anbauen.

Als die halbe Strecke geschafft war, regelte er die Wache für die Nacht und zog sich in seine kleine Kajüte zurück. Hammer und Stemmeisen hatte er vorsorglich schon im Laufe des Tages dorthin gebracht und nun galt es, leise, ganz leise sich Zugang zu seiner Privatrente zu verschaffen: Die Schatulle aus Eichenholz war etwa eine knappe Elle breit, eine Spanne tief wie hoch und ziemlich schwer. Dies lag einerseits an den eisern verstärkten Kanten und Ecken, andererseits musste es mit dem Inhalt zu tun haben.

Gesichert war das Kästchen mit einem üppigen, fast einschüchternden Schloss, das an der Vorderseite mittig angebracht war und dessen unverhältnismäßige Größe für Fernando Rückschlüsse auf den unverhältnismäßig hohen Wert des Inhalts zuließ.

Da er sich mit Schlössern nicht auskannte, hatte er beschlossen, dem Kästchen von hinten zu Leibe zu rücken, genauer: Er gedachte, die Scharniere zwischen Kastenteil und Deckel aufzuhebeln. Zunächst begann er mit einer Dolchspitze entlang der Kante zu reiben, an der das Scharnier am Holz angebracht war. Zu diesem Zweck setzte er die Klinge an und wickelte ein grobes Hemd darum, damit man ja keinen Ton des schabenden Geräuschs hörte, den der Dolch machte, als er Millimeter um Millimeter das harte Holz abhobelte. Fernando schwitzte und fluchte in der engen, stickigen Kajüte, doch nach einer halben Stunde spürte er, dass die Klinge tief genug eingedrungen war und nun begann, unter dem Metallverschlag des Scharniers eine Furche zu ziehen. Immer wieder hielt er für eine Minute inne, horchte nach draußen, zügelte seine Ungeduld und ermahnte sich, den Schallschutz, der inzwischen aus dem Hemd und einer ganzen Decke bestand, nicht aus Gier zu vernachlässigen. Seine Handmuskeln schmerzten, obwohl er als Seemann Pranken wie ein aztekischer Gott hatte, er trank einen Schluck gestreckten Portwein mit Wasser und machte weiter; schließlich war es soweit: Er konnte das Stemmeisen in der Kerbe unter dem Scharnier ansetzen. Er umwickelte den Kopf des Hammers mit einem dicken Fetzen Stoff, legte die Schatulle sorgsam auf den mit einer ausgebreiteten Decke gedämpften Kajütenboden, achtete auf das ihm seit Jahrzehnten vertraute wiegen seines Schiffes – dieses auf und ab und das kleine Ächzen der Takellage, wenn das Schiff aus dem Wellental nach oben strebt und ein wenig mehr Wind die Segel strafft – und genau in dieses Ächzen trieb er den Hammer auf das Ende des Stemmeisens, das unter dem dumpfen Schlag einen Ruck hinter das Scharnier machte. Fernando lauschte atemlos. Runter und wieder rauf ging sein Schiff, der Wind schob günstig und gleichmäßig in die Segel, nichts regte sich. ‚Wahrscheinlich ist Sancho wieder eingenickt', dachte er sich und baute erneut Spannung auf: Hammer erhoben – das Kästchen mit dem Knie am Boden fixiert, das Stemmeisen fest gegriffen und den Rhythmus des Meeres erforschend – so verharrte er drei, vier Wellentäler, dann das Ächzen und erneut der dumpfe Schlag. Deutlicher als vorher merkte er, dass das Stemmeisen tiefer hinter das Scharnier vorgedrungen war, er konnte die Vibration über seine Hand und sein Knie spüren, dass da Eisennieten aus ihrer Holzverankerung herausgehebelt wurden.

Er legte den Hammer zur Seite, von beiden Seiten floss ihm der Schweiß in die Augen. Er positionierte das Kästchen mit der Schlossseite auf dem Boden, sodass das Scharnier nach oben zeigte. Das Stemmeisen stand quer heraus. Er nahm die Decke, wickelte sie jetzt um die Stelle, an der das Stemmeisen in den Leib der Schatulle stach, fixierte das Kästchen mit dem Knie und umklammerte das Stemmeisen, auf das er sich mit seinem ganzen Gewicht lehnte. Wieder lauschte er ins Schiff, spürte den Rhythmus, das Ächzen, dann ein impuls seines ganzen Körpers: Dumpf brach das Scharnier auf, jetzt wich die Vorsicht in ihm, er trieb das Stemmeisen in den Spalt, den die Schatulle jetzt darbot und hebelte sie auf. Splitterndes Holz, seufzendes Metall – er war am Ziel.

Er fand in der Truhe ein dickes Tuch teuren Stoffes, das um etwas gewickelt war. Nach und nach – mit jeder Umdrehung, mit der er den Stoff ab- und um seine Hand wieder aufwickelte, wurde der Umfang kleiner und in seinen Gedanken ratterte es: Er hatte ein Schreiben und sonst Goldmünzen erwartet, auf jeden Fall Edelsteine, Schmuckstücke, doch mit jeder Umdrehung wurde der Schatz kleiner, die Inventarliste seiner Erwartungen

Umdrehung für Umdrehung zusammengestrichen. Er fühlte jetzt schon durch den Stoff, dass er endlich zu sehen bekommen würde, was dem Gouverneur der ganze kostspielige Aufwand Wert war; er fühlte die Oberfläche eines runden, schweren Stücks, etwa so groß wie eine dieser Untertassen, auf die die feinen Herrschaften ihre kleinen, verzierten Tässchen mit diesem neumodischen Kakaogetränk abstellten.

Jetzt noch eine Umdrehung – und da hatte er es in der Hand: Ein zusammengefalteter und mit Siegelwachs verschlossener Brief und ein etwa 150 Unzen schweres Goldstück, nein, besser: Eine Goldmünze. Er sah sich die ihm unbekannte Prägung an. Der König war's nicht, der Gouverneur auch nicht. Die Münze hatte nicht die geringste Gebrauchsspur – ein Goldstück von dieser Größe würde auch völlig unhandlich und überdimensioniert im täglichen Zahlungsverkehr sein.

Dieser Brief würde sicherlich Aufschluss über die Sache bringen. Er brach das Siegel und entfaltete das Papier:

An den verehrenswerten Konquistador <u>Don</u> *Hernán Cortés de Monroy, glorreicher Besieger der heidnischen Azteken und Eroberer der Hauptstadt Tenochtitlan.*

Verehrter Señor, einige Jahre ist es nun schon her, da ich Sie mit der Ordre nach Neu-Hispaniola schickte, den Kontinent für unsere Majestät, Karl V., in Besitz zu nehmen.

Der Umstand, dass ich Ihnen darauf ein Heer nachsandte, nachdem ich feststellen musste, dass Ihr

Handeln eigenmächtig und entgegen meiner Befehle erfolgte, werden Sie, der Sie wie ich Verantwortung und Umsicht nicht nur für die Männer in Ihrem Befehlsbereich, sondern auch für Spanien, die Krone und die Heilige Römische Kirche haben, sicher verstehen.

Doch möchte ich Ihnen trotz meiner Verbitterung über diesen Vertrauensbruch offenbaren, dass die Entschlossenheit und Tüchtigkeit, mit der Sie den Heidenvölkern im neuen Teil unseres Weltreiches Zivilisation und das Wort Gottes gebracht haben, meine höchste Anerkennung und Wertschätzung findet.

In diesen Zeiten, da unser geliebtes Königreich von zahlreichen Feinden von innen und außen bedroht wird, ist die vornehmste Pflicht eines jeden Kindes unseres Vaterlandes, etwaige eigene Bedürfnisse und zwischenmenschliche Zerwürfnisse entschlossen hintan zu stellen und gemeinsam für unsere – für die spanische Sache - zu kämpfen!

In diesem Sinne, mein lieber <u>Don</u> Señor Hernán Cortéz, reiche ich Ihnen – ein Spanier dem anderen Spanier – die Hand zur Versöhnung! Lassen Sie uns gemeinsam entschlossen an dem großen Neu-Spanien hier in der neuen Welt bauen!

Als Zeichen meiner Gunst und Aufrichtigkeit sende ich Euch eine wertvolle Goldmünze, die ich extra für Sie aus den allerersten Schätzen der neuen Welt anfertigen ließ. Im nächsten Jahr plane ich die Einführung neuer Münzen für das Vizekönigreich Neu-Hispaniola. Es gibt drei Münzeinheiten: Eine mit dem Konterfei des Königs, eine mit dem meinigen und eine von Euch!

Einer Nachricht von Euch persönlich warte ich mit Ungeduld entgegen.

Es lebe Spanien! Es lebe der König!

Mit den ergebensten Empfehlungen – nicht mehr von Gouverneur zu Sekretär – sondern von Edelmann zu Edelmann erwarte ich Eure Antwort.

Euer Don Diego Velázquez de Cuéllar

Fernando blickte auf, dann die Goldmünze an und überlegte: Anstelle eines stattlichen Gold-schatzes war er in Besitz brisanter politischer Informationen aus den höchsten Kreisen gelangt.
Was konnte man damit anfangen? Er wog die große Goldmünze in seiner Hand. Sie würde in etwa denselben Wert haben wie die 20 Golddublonen, die ihm der Sekretär als Vorschuss gegeben hatte. Zusammen mit seinem Ersparten, das er hinten in einer Ecke seiner Kajüte unter einer Eichenbohle verbarg, hatte er einen Betrag, der ihm für den Start in ein neues Leben Anschub geben könnte, aber für ein sorgloses Dasein bis zum Sankt-Nimmerleins-Tag war es zu wenig.

„Ahoi, Capitán, ahoi!", klang es von außen. Es war ihm, als riss ihn diese Stimme in eine andere, momentan gar nicht erwünschte Wirklichkeit zurück. Hastig packte er den Brief, die Münze und das Tuch zurück in die Schatulle und legte sie unter das Kopfkissen in seiner Koje.
Er zog im Hochgehen eine speckige Lederweste über und ging an Deck: Die See war rauer geworden, anstelle des klaren Sternenhimmels

blickte er in eine rußige, alles verschlingende Schwärze, der Mond, ansonsten zuverlässiger und lichtspendender Begleiter in der Nacht, war nur noch als unwirkliche Funzel hinter dicken Wolken zu entdecken.

„Dort Señor!", sagte Sancho und wies in Richtung Norden, wo die Bahamas, seine neue Zukunft und die 15jährige Halbcousine auf ihn warteten. Im Norden zuckten Blitze aus den schweren Wolkenvorhängen in die See – Fernando wusste: In spätestens einer Stunde geht es los!

Wir wollen die nun folgenden dramatischen, tragischen vier Tage, an denen Fernando und seine Crew letztendlich erfolglos gegen die Elemente kämpften, nicht in aller epischen Breite hier entfalten. Dramatisch war ihr Kampf im Orkan, den zwar zwei seiner vier Leute nicht überlebten, aber das Boot! Nun ja, der größte Teil des Bootes war nach dem Sturm noch da, einige wichtige Teile gingen jedoch verloren: Natürlich waren die Segel zerfetzt und darüber hinaus das Ruder gebrochen – als der Sturm sie verließ, nahm er ihre Fähigkeit mit, zu manövrieren: Ohnmächtig mussten sie zusehen, wie sie südlich an den Bahamas vorbeitrieben - in nordöstlicher Richtung mit dem Passat auf den Atlantik hinaus. Zu allem Unglück hatten die Wellen das Schiff derart beschädigt, dass es zwar nur sehr langsam aber dafür stetig volllief. Ihre einzige Aussicht bestand darin, solange das Wasser auszuschöpfen, bis ein Segel am Horizont sichtbar wurde. Doch das passierte nicht: Alle Schiffe, die in diesen Tagen den Atlantik nach Westen passierten, wurden magisch angezogen vom sagenhaften Reichtum der Wilden da drüben in der neuen Welt. Und entsprechend weiter, viel weiter südlich fuhren sie an den Schiffbrüchigen vorbei.

Miguel starb zuerst: 17 Stunden hatte er knietief im einlaufenden Wasser im Bauch des Schiffes gestanden und Eimer um Eimer nach oben gehoben. Da ihnen schon sehr schnell das Trinkwasser ausgegangen war, fing er irgendwann an zu halluzinieren: „Das ist Betrug! Habt ihr gesehen!! Genau DAS Wasser, das ich gerade zu euch hinauf-gehoben habe, genau DIESES Wasser ist jetzt wieder hier reingelaufen!!" Und er warf sich in die trübe knietiefe Brühe, drosch auf sie ein. „Doch nein, jetzt weiß ich, wie ihr mich nicht mehr verarschen könnt. Ich trinke euch einfach weg!!" Sagte es und tauchte mit seinem Kopf unter, schluckte, spukte und prustete, schluckte und schluckte erneut bis er alles in einem gewaltigen Bogen ausspie, sich übergab, nein: sein Allerinnerstes nach außen stülpte, als ob ihm seine Gedärme zum Mund herauskommen könnten. Dann schlug er den Kopf in den Nacken, stierte Fernando mit dem irrem Blick eines Wahnsinnigen an, der merkt, dass in diesem einen Moment der letzte Rest Leben unter Schmerzen mit einem kehligen, entmenschtlichten Laut aus ihm herausfahren würde - und sank leblos in den mit Wasser vollstehenden Schiffsbauch.

Sancho saß auf der Reling, seine Hände nur noch zwei blutige Pranken, die Lippen zigfach aufgeplatzt. Er stand auf und sagte mit dem Pathos des Todgeweihten: „Señor Fernando, ich danke ihnen für alles! Verzeihen sie meine Mutlosigkeit, doch es ist Zeit." Er bekreuzigte sich, nahm mit müdem aber festem Blick den kleinen kalten Kugelofen aus seiner Kochmulde und stürzte sich, den Ofen fest an sich gepresst, von Bord. Fernando beugte sich bestürzt über die Reling und sah, wie sein Matrose – den Blick nach oben zu ihm gerichtet - vom Ofen nach unten gezogen wurde.

Nun war Fernando alleine, kein Segel weit und breit am Horizont, das Boot dümpelte dahin und das Wasser im Innern stieg stetig.
Doch er dachte nicht ans Aufgeben: Er stürzte in die Kajüte. Unter seinem Kopfkissen war immer noch die Schatulle, er nahm sie, stellte sie auf den Tisch. Er hebelte mit gewohnten Griffen die Eichenbohle in der Sitzbank auf, die seine Ersparnisse verbarg, auch sie legte er, drei lederne Geldbeutel, klirrend auf den Tisch, schließlich aus seinem Rock, der in einer Ecke lag, einen weiteren, großen Beutel mit dem Lohn vom Gouverneur für seinen vermeintlichen Botendienst.
All das steckte er in seinen Seesack, schnürte eilig das Tau, das durch Ösen am oberen Rand des Seesacks geführt war, fest und ging damit an Deck. Das Schiff senkte sich jetzt schon deutlich bugwärts, ihm würde nicht mehr viel Zeit bleiben.
Er ging nochmal in seine Kajüte, klappte eine andere Sitzbank auf und nahm einen derben Leinenbeutel, der in Größe und Form einem voluminösen Kissen glich, heraus. Denn der schlaue und erfahrene Fernando hatte wiederholt bemerkt, dass ihm weit

draußen im Golf von Mexiko und im Atlantik Kokosnüsse begegnet waren. Er entdeckte, dass mehrere Kokosnüsse in einem Sack einen Mann über Wasser halten konnten, und genau für diesen Zweck hatte er sich dieses „Kissen" mit acht Kokosnüssen darin angefertigt. Er griff noch in ein Fach unter seinem Tisch, wo noch eine ganze Flasche Portwein auf ihn wartete: Die hatte er in weiser Voraussicht vor seinen beiden verbliebenen Matrosen verborgen und, naja, jetzt brauchten sie ja keinen Schluck mehr.

Als er das Deck betrat, wurde der Bug gerade von der nächsten Welle überspült. Da, wo er stand, in der Mitte des Schiffes, war er auch schon im Wasser: Er legte den „Rettungssack" vor sich, der sofort munter mit der Dünung hoch und runter wippte. In die linke Hand nahm er die Flasche, in die rechte seinen Seesack und legte sich der Länge nach auf seinen Rettungssack – einmal Mut gefasst und vom Schiff abgestoßen: Und da trieb er nun im Wasser. Er sackte deutlich tiefer ein, als er es zuvor vermutet hatte, doch sein Rettungskissen hielt ihn an der Wasseroberfläche. Er drehte sich in Richtung seines Schiffes, ließ sich treiben und beobachtete, wie es langsam versank.

So trieb er nun den ganzen Tag dahin. Die beste Balance fand er, wenn er sich mit dem Oberkörper auf den Seesack legte; seinen Schatz hielt er vor sich, der Seesack hing an der derben Kordel, die er um sein Handgelenk gewickelt hatte. Auf der anderen Seite hingen seine Beine nach unten und in der Mitte reichte der Auftrieb der Kokosnüsse gegen seine

Brust, um ihn über Wasser zu halten. Die Nacht hindurch zählte er immer langsam bis 1000, dann nahm er einen guten Schluck, und dann fing er wieder an zu zählen. So war er am Morgen immer noch am Leben, die Flasche war leer und er ziemlich voll.

Was hatte er doch dem Leben mal wieder für ein Schnippchen geschlagen! Er wurde richtig heiter, als er sich und seine Schlauheit mit den Kokosnüssen lobte, geriet ins Schwärmen, als er an seine zukünftige Frau, dieses inzwischen sicher schon üppige sinnliche 15jährige Wesen dachte, die ihm unvergleichliche Nächte und ein Dutzend Kinder schenken sollte. Als die Flasche leer war, witzelte er vor sich hin, dass die luftgefüllte Flasche in seinem Hintern noch zusätzlichen Auftrieb geben könnte; schließlich warf er sie in hohem Bogen und unter dem Absingen eines schlüpfrigen Saufliedes in den Atlantik. Dann wurde er ein bisschen grantig, als er an sein bisheriges Leben mit all seiner Placke- und Schufterei dachte, während irgendwelche Gouverneure parfümierte Briefchen schrieben, ihnen dabei ein Indio in einer albernen Uniform Wind zufächerte, der nächste auf Eis kandierte Früchte reichte und ein dritter die feinen Finger des Herren Gouverneur maniküre.

Und als Fernando Nuñez abwechselnd so vor sich hin schwärmte und grantelte und zwischendurch schon Renditeberechnungen seiner zukünftigen Zuckerrohrplantage anstellte, verabschiedete sich still und heimlich eine Kokosnuss aus seinem Rettungssack, der leider nur leidlich zugenäht war.

Erst als ihm in seinen Selbstgesprächen auf der ziemlich ruhigen See eine kleine Welle unvermittelt in den Mund schwappte, woraufhin er heftig spucken und würgen musste, sah er seine Lage: Eine Kokosnuss trieb an der Oberfläche genau neben ihm und dümpelte von ihm weg. Als er ihr nachsah, bemerkte er, dass wie an einer langen unsichtbaren Schnur aneinandergereiht drei weitere Kokosnüsse in kurzer, mittlerer und weiterer Entfernung auf den Wellen tanzten, ganz so, als würde er eine Schnitzeljagd veranstalten.

Er setzte unwillkürlich mit Schwimmbewegungen ein, war aber durch den Seesack, oder besser: Goldsack, der inzwischen schwer wie ein Amboss an seiner starken Pranke hing, deutlich eingeschränkt. Mit der freien Linken suchte er das Loch in seinem Rettungssack zusammenzuhalten.

Jetzt also nur noch vier Kokosnüsse! Er bemerkte, dass diese vier Nüsse in dem Sack nicht mehr ausreichten, um ihn mitsamt seiner goldenen Habe zu tragen. Also beschloss er, die anstrengenden Schwimmbewegungen, die es nun zu tun galt, einzig darauf zu verwenden, in Richtung der anderen Nüsse zu schwimmen und diese wieder einzusammeln.

Dieses Vorhaben, so sinnvoll es schien, war jedoch leichter gedacht als getan. Mit der Linken hielt er den Schwimmsack zusammen und unter sich, die Rechte hing nahezu lotrecht nach unten und seit nun 14 Stunden an diesem Goldsack. „Am Golde hängt ein jeder", dachte er sich. „Doch der tut gut daran, der es zu packen kriegt und nicht mehr loslässt!"

Er war ein bisschen rührselig über soviel feingeistige Philosophie, zu der er jetzt noch fähig war. Doch es galt ja bei aller Metaphysik noch eine ordinäre physikalische Situation zu bewältigen: Er konnte nur Schwimmbewegungen mit den Füßen ausführen, und hier musste er sich vor allem nach unten abstoßen, da jeder zu horizontal angesetzte Schwimmzug seiner Beine – nämlich in Richtung der trudelnden Kokosnüsse – dazu führte, dass ihn sein rechter Arm unter die Wasseroberfläche zog. So war nicht an die Kokosnüsse heranzukommen, daher organisierte er um: Er klemmte sich den Rettungssack unter die rechte Achselhöhle, steckte sich die losen Sackränder, aus denen die Nüsse entfleucht waren, in den Mund, und so konnte er noch zusätzlich den linken Arm zum Schwimmen benutzen. Es war schwer, es war anstrengend, doch es funktionierte! Er fand einen Rhythmus, versuchte das Meerwasser, welches aus dem vollgesogenen Sackenden in seinen Mund strömte, auszuspucken und erreichte nach einigen Minuten die erste Nuss, die er mit seiner linken Hand zu fassen bekam. Nun musste diese Nuss in den Sack! Er verstärkte die Beinbewegungen und ließ vorsichtig einen Teil des Leinensacks aus dem Mund. er sah, wie die zusammengeknüllten Enden sich langsam im Wasser entfalteten – hier war der Spalt, in den die Nuss musste!! Doch halt! Wäre es denn nicht viel intelligenter, die Nüsse, soweit als möglich, in den Seesack zu seinem Pensionsfond zu stopfen? Natürlich! Mensch, Fernando, was bist du doch für ein Trottel! Das hätte dir schon vorher einfallen können!! Aber so leicht lässt sich Fernando Nuñez nicht unterkriegen! Unterkriegen. Hihi. Das war in der momentanen Situation echt witzig.

Der Seesack wurde von einer starken Kordel, die durch Ösen am oberen Ende hindurchgewunden war, zusammengehalten. Die lange Kordel hatte er sich um die rechte Hand gewickelt; er spürte sie schon seit Stunden nicht mehr. Es galt jetzt also, den Seesack, dieses Lot, das ihn senkrecht nach unten zog, in Richtung Wasseroberfläche zu bringen, den Zug auf die Kordel soweit zu entlasten, dass man den Sack öffnen und eine Nuss nach der anderen hineinstecken könnte. So brauchte er nicht umständlich mit zwei Säcken zu hantieren, seine Kiefermuskeln schmerzten schon, als hätte er die ganze Nacht in vergammelten Hafenspielunken Faustkampf betrieben. Noch immer trieb er mit den vier Nüssen in seinem Rettungskissen unter den rechten Arm geklemmt herum – sein Schwimmsack blieb bei ihm, weil er ihn mit dem Mund festhielt, die linke Hand stützte sich auf die Kokosnuss, die er gerade zurückerobert hatte. Er verschnaufte einen Moment. Noch immer musste er mit den Beinen Schwimmbewegungen machen, um einigermaßen den Kopf über Wasser halten zu können. „Einen Moment verharren", dachte er sich, „ein kurzes Verschnaufen, und dann beherzt gehandelt!"

Er hatte vor, die Nuss in der Linken nach unten zu drücken und sie mit den Beinen zu umklammern. Dann wollte er mit der nun freien linken Hand zusammen mit der gefühllosen Rechten seinen

Schatz, das Goldlot, an den Körper heranziehen, die Kordel lösen und die Kokosnuss, auf der er sitzt, in den Seesack hineinstecken.

Und dabei die ganze Zeit mit dem Mund seinen Schwimmsack festhalten.

Und die Luft anhalten.

Doch so weit, wie geplant, kam es gar nicht: Beim Versuch, die Nuss nach unten zu drücken, vergaß er einen Moment, nur einen klitzekleinen Moment, den Leinenstoff seines Schwimmsacks fest genug zusammenzubeißen: Es gab einen Ruck und der Stoff aus seinem Mund verabschiedete sich, sein Schwimmsack glitt elegant zur Seite.

Mit der Linken klemmte er sich die verbliebene Kokosnuss unter den Arm, die Rechte wurde steil nach unten gezogen und sein Körper ganz langsam auch. Er schnappte nochmal nach Luft, sodass sich seine Lungen füllten und glitt langsam, ganz langsam nach unten. Er machte ruckartige Schwimmbewegungen mit den Beinen Richtung Wasseroberfläche, doch ohne Wirkung.

Die Kokosnuss unter seiner Linken zog ein wenig stärker nach oben, je mehr er nach unten schwebte; in etwa vier Metern Tiefe hielten sich das Gewicht seiner Rente und der Auftrieb der Nuss und seines luftgefüllten Körpers die Waage.

Wie konnte er auch nur so dämlich gewesen sein, die ganze Schatulle mitzunehmen, dachte er sich. Das würde eine echt lustige Anekdote werden, bald, auf den Bahamas.

Sein rechter Arm, den er seit Stunden nur noch als eine einzige Verkrampfung wahrnehmen konnte, signalisierte ihm jetzt noch etwas anderes: Es war ein Kribbeln. Doch dieses Kribbeln war nicht dieses Kribbeln, was man zum Beispiel hat, wenn einem ein Arm oder ein Bein eingeschlafen ist. Es war das Kribbeln auf der Hautoberfläche, das man hat, wenn einem langsam etwas entgleitet. Mit Entsetzen musste er feststellen, dass die Kordel langsam, Zentimeter für Zentimeter, seinem Griff entwich in Richtung der Dunkelheit unter ihm. Er tröstete sich, dass am Ende der Kordel ein derber Knoten war, dessen Wulstigkeit es ihm erlauben würde, mit wesentlich günstigerem Kraftaufwand den Seesack zu halten. Doch wie entsetzt war er, als dieser Knoten wie selbstverständlich seine Hand-innenfläche passierte, die Finger auseinandertrieb und den Sack Richtung Tiefe entließ. Gleichzeitig wurde er unvermittelt von der Kokosnuss hochgezogen! Oh nein, das durfte nicht sein!! All die Schufterei, der Verlust seines Schiffes, seine Halbcousine – alles umsonst?? Nicht mit Fernando Nuñez!

Unverzüglich ließ er die Kokosnuss fahren, presste die Luft aus seiner Lunge und ruderte mit kräftigen Armzügen und entschlossenem Beinschlag dem Seesack hinterher, an dessen Ende die Kordel mit dem Knoten leicht hin- und herbaumelte, als wollte sie ihm zuwinken, aber nein: Wie winkte ihn hinter sich her!!

Er wusste, er musste den Atemreflex unterdrücken. Nur noch zwei bis drei Schwimmzüge, dann würde er sicher die Kordel zu fassen kriegen, den Sack einfach aufmachen, die Geldbeutel und die Münze in die Hose stecken und glücklich zur Oberfläche zurückkehren. Was war er nur für ein Narr! Das hätte er von Anfang an machen sollen! Vier Schwimmzüge später war die Kordel kaum noch zu sehen. Unendlicher Grimm stieg in ihm empor, einen, vielleicht zwei Züge gab er sich noch, dort vorn, da müsste es doch sein, ja, genau, ein Zug noch und die Linke ausgestreckt, ja jetzt – LUFT....

Das war das Letzte, was Fernando Nuñez dachte. Und während er relativ nah an der Oberfläche durch den Atlantik trieb und etwas weiter oben die fröhlich wippenden Kokosnüsse auf den Wellen in etwa die Stelle markierten, an der er unter Wasser schwebte, sank seine Pension und der Ma'trabal in die ewige Dunkelheit, bis sie in einer Tiefe von 1458m den Grund erreichten.

Dort liegt er nun, der Ma'trabal, aufgeladen mit dem Fluch und all dem Unrecht, das Iquat und den indigenen Völkern angetan wurde.
Immer noch voller Groll blickt er nach oben, er, der münzgewordene Fluch des Quetzacoatl, hier, ein paar Hundert Seemeilen östlich der Bahamas, im Zentrum des Bermuda-Dreiecks.

Teufel auf Urlaub

„D iese bildungsbürgerliche Pointe am Schluss ihrer überhaupt nicht witzigen Anekdote aus dem griechischen Komikermilieu wird nicht dazu führen, dass ihre Geschichte mit den peinlichen Witzen das Niveau in irgendeiner Weise erhöht!", nörgelte die deutsche 50-Cent-Münze den witzigen 20er an, der österreichische Kollege schloss sich an: „Wie wir Wiener dann gerne sagen: Des woar oalles oan goanzer großer Schmäh!" Die 1- und 2-Cent-Münzen fragten: „Wer ist Macbeth?"

„Ein schottischer König, der vom Machthunger verführt erst den vorherigen König und dann einen Getreuen nach dem anderen niedermachen lässt", klärte ich als Chefmünze auf. „Ging bestimmt um Geld!", piepte die 1-Cent-Münze, die 2-Cent-Münze fragte: „Was ist schottisch?"

„Das ist ein Teil von Großbritannien. Die haben ihre eigene Währung." - „Schön blöd, die Briten!", war die Meinung des französischen 20ers. „Hat schon mal jemand mit dieser Währung Kontakt gehabt?", fragte der witzige 20er. - „Ich!", meldete sich die österreichische Münze. „Die sind irgendwie schräg. Die tragen die Gravur immer ein bisschen zu hoch meiner Meinung nach. Die haben halt eine steinalte Königin, die seit 50, 60, 80 Jahren auf die Geldstücke geprägt wird, und ich glaube dadurch meinen sie, dass sie uns irgendwie überlegen seien." In altkluger Art ergänzte der deutsche 50er: „Zudem machen sie absichtlich alles anders als die anderen

Menschen in Europa: Sie fahren auf der falschen Seite mit dem Auto, trinken Tee anstatt Kaffee und haben bei Mengen- und Längenangaben seltsame Einheiten anstatt eines metrischen Systems!" – „Wie bitte?", fragten die Kleinmünzen, die sich das gar nicht vorstellen konnten, dass man nicht in vernünftiger 10er, 100er und 1000er-Logik seine Umwelt quantitativ erfasste. Schließlich haben die Menschen ja auch zehn Finger, zehn Gebote und in allen möglichen Listen, sei es Musik, Kino, Bestseller, reichste Menschen, schönste Frauenhintern oder peinlichste Momente – überall gibt es die Top Ten oder Top Hundred!!

„Die spinnen, die Briten!", sagte der französische 20er mit deutlich gallischem Akzent. In diesem Punkt war sich das gesamte Portemonnaie einig.
„Aber die Geschichte von Dimi ist doch noch nicht zu Ende!", bemerkte ich, die kleinen Cent-Münzen hüpften vor Begeisterung. „Hier muss ich energisch protestieren!", fuhr der deutsche 50er hoch. „Der erste Teil der Geschichte war schon absolut nicht jugendfrei.." – „..und der zweite ist schlicht ketzerisch und verletzt meine religiösen Gefühle!", ergänzte sein österreichischer Kollege. „Ruhe! Der witzige 20er ist dran!", mahnte ich. Der witzige 20er fuhr fort, seine Geschichte zu erzählen:

„Dimi setzte sich hin, holte den Laptop heraus und begann, Witze zu schreiben. Er versuchte dabei die Vorgaben von Pita einzuhalten: Gagdichte, 3-Sätze-3-Pointen-Struktur und das Niveau *Maurer, Metzger, Mörder*. Es kamen Witze heraus wie diese:

Wisst ihr, was eine Win-Win-Situation ist? Nein –
*ihr wisst nur, was **keine** Win-Win-Situation ist. Zum*
Beispiel eine Ehe........ (die Pünktchen bedeuten
immer, dass der ganze Saal lacht, hihi).

Nein, eine Win-Win-Situation bedeutet, dass alle
beteiligten Parteien aus einer Sache Gewinn ziehen.

Wir müssen uns also fragen: Gibt es zwei Probleme,
die sich gegenseitig auflösen, wenn man sie
miteinander kombiniert?! Zum Beispiel das
Ausbleiben von Touristen in Griechenland und die
steigende Anzahl streunender Hunde... Hier habe ich
eine todsichere Geschäftsidee: Wir erschließen uns
neue Zielgruppen und locken reiche Chinesen nach
Griechenland mit dem Versprechen, hier die
traditionellen chinesischen Hundespeisen flächen-
deckend an der ägäischen Küste anzubieten........: Als
Snack auf die Hand gibt es da zum Beispiel Roasted
Snoopy....... *Für Fitnessfreaks gibt's den* Lassie-
Teller *und* Susi und Strolch *ist das typische Gericht*
für zwei Personen........ und für Firmenessen oder
Hochzeiten empfehlen wir 101 Dalmatiner.......

Oder dieser hier:

Mein Kumpel ist Fliesenleger und letztens hat der mir
mein Bad gemacht und ich dachte noch: Mensch, was
sind die Fugen aber eng beieinander. Ich sach:
„Hömma Vasilias, die Fugen sind ja so dünn wie die
Fotomodells auße Vogue. Haste Angst, datt sonst
jemand darüber stolpert?" – „Ne!", sacht mein
Kumpel, ist so ein Zwangsdingen von mir. Ich hatte
als Kind so oft Durchfall!"........"Da sehe ich immer

zu, datt alles eng beisammen ist!"......

Da sach ich zu ihm: „Hömma, wenn ich Durchfall hab, da press ich die Backen zusammen, da siehste gar keine Fuge mehr!.......

Datt sieht dann aus wie eine einzige Platte, übrigens hart wie Granit!!....Nur ein bisskin flauschiger!..... Wegen der Haare!.......Flauschiger Granit!!".........

Oder ein anderer Fliesenlegerwitz:

Der Polier hat mich gestern wieder voll zur Sau gemacht! Dabei habe ich in Rekordzeit das Gäste-WC gefliest! –
Das war gar nicht das Gäste-WC. Das war das Dixi-Klo!.....

Um die Gagdichte zu steigern, schrieb er auch einige sehr flache Kurzwitze auf:

- Baby, wenn du so weitermachst, hat das glatt ein Vorspiel........

- Gott sprach: „Du hast zwei Möglichkeiten – entweder du gehst nach Mazedonien oder.." – „Ich nehme Möglichkeit zwei!!"....

- Sagt das eine Kondom zum anderen: Du bist ja nicht ganz dicht....

- Früher war alles besser: da wurde ‚Besen' noch mit ‚u' geschrieben....

Und schließlich als Eingeständnis über seinen momentanen Zustand:

Mein Name ist Deso, ich bin lat....

Er stöhnte auf. Diese kack Auftragsschreiberei! Diese kack Pleite seines privaten Haushaltes! Diese kack Wirtschaftskrise!!

In diesen Situationen nahm er immer wieder gerne Zuflucht in ein anderes Metier, dem er heimlich anhing. Wann immer es die Zeit zuließ, schrieb er Glossen, Essays oder kleine Erzählungen, die er von Zeit zu Zeit anfing, dann vielleicht verwarf, sich endlich wieder aufraffte den einen oder anderen Text nochmal zu überholen und zu vollenden um schließlich – so sein Plan – irgendwann mal mit dieser Kleinkunst an eine Öffentlichkeit zu treten.

Einen solchen Text holte er nach der Plackerei mit dem Gagschreiben für Pita nun hervor, überflog die Seiten, mal mit einem versonnenen Lächeln, mal mit einem zufriedenen Nicken, ging an ein Stehpult, das neben der Wickelkommode stand. Er legte das Manuskript sorgfältig darauf ab und las wie bei einer Lesung seinen Text:

Teufel auf Urlaub

von Dimitrios Karmakonidapoulos

Der Teufel hatte endlich mal wieder zwei Tage Urlaub ausgehandelt. Das war auch kein Problem, denn bei den Menschen lief so vieles schief, dass er es nicht nötig hatte, einen peniblen Arbeitsnachweis beim Chef einzureichen.

„Na, mal wieder ein bisschen die Seele baumeln lassen?" Gott war wie immer zu kleinen Scherzen aufgelegt, der Teufel hingegen kam schon seit Jahrhunderten mit demselben ermatteten Gesichtsausdruck aus. „Ja, ja..", rang er sich ein müdes

Lächeln ab, denn man ist ja höflich zu seinen Vorgesetzten.

Für diesen Urlaub hatte er sich aber nicht vorgenommen, einfach mal auszuspannen, mal Fünfe gerade sein zu lassen oder sich auf Teufel komm raus abzufüllen (noch so eine Standardbemerkung von Gott), sondern er wollte rebellieren: Er wollte etwas Gutes tun! Denn er hatte es satt, immer als Anstifter, böser Flüsterer und Verführer unterwegs zu sein, um die tumben, einfältigen Menschen ins Elend zu treiben. Heute Abend wollte er mal zu den anderen gehören und der sein, der die Gebrochenen und Verelendeten aufrichtet und auf eine neue, stabile Bahn ihres in einer Sackgasse steckenden Lebens stellt. Er wollte Hoffnung geben, Zukunft gestalten. Zu diesem Zweck hatte er den drei größten Loosern der Stadt, die er in den vergangenen Jahren zuverlässig in private Insolvenzen geschickt hatte, extra für sie konzipierte Emails zukommen lassen mit dem Versprechen, dass sie sich in einer einzigen Nacht von all ihren finanziellen Verbindlichkeiten würden freimachen können.

„Komm mit 1000 Dollar zum Pokerabend in die Haifischbar – wir verdoppeln deinen Einsatz und du kannst sofort gehen, wenn die ersten 1000 verloren sind!"

Der Teufel wusste, dass die Angeschriebenen nicht würden widerstehen können. Er wusste auch, dass jeder von ihnen sich irgendwie 1000 Dollar Startkapital leihen konnte und so trafen sie an diesem Abend in der Haifischbar ein.

Frank war ein gescheiterter Mathematiklehrer. Als

großer Fan der Stochastik glaubte er, anhand von komplexesten Ablaufcodes und Algorithmenberechnungen sein Wissen gewinnbringend an einem Roulettetisch anwenden zu können. Leider war sein Stolz und seine Beharrlichkeit dann doch größer als alle notwendige wissenschaftliche Skepsis, vor allem nachdem sämtliche Ersparnisse schon aufgebraucht und auch der Dispositionskredit maximal beansprucht waren – und so gedachte er sich mit seiner unschlagbaren Logik zunächst im von ihm im Grunde genommen völlig verachteten Börsensegment des Neuen Marktes finanziell zu erholen, um sich danach mit den dann gewonnen finanziellen Mitteln erneut an den Roulettetisch zu stürzen, wo sich letztendlich seine Berechnungen in klingende Münze verwandeln mussten! Am Ende stand er da mit drei weiteren Krediten, die er an der Börse versenkt hatte. Anlässlich einer Studienfahrt hatte er sich dann auch noch sämtliche Beiträge der Schüler, die die Fahrtkosten auf sein Konto eingezahlt hatten, ausgeliehen. Die waren dann auch nicht mehr da. Und er nicht mehr Lehrer.

Sue hatte schon immer eine Stärke für kreative Geschäftsideen und eine Schwäche für genau die Art von materiellen Dingen, mit denen ein gewisses Sozialprestige verbunden war.
Sie war Geschäftsführerin einer Filiale einer großen Bekleidungsfirma und schaffte es immer wieder mit raffinierten Einfällen und überraschenden Events eine Aura des Besonderen in ihre Filiale und auch um sich selbst zu kreieren.
„Mitternachtsshopping Deluxe" war so ein Event: Die neuen Kollektionen wurden begleitet von Streich-

quintett und Fischhäppchen vorgestellt; für die Präsentation der Bademode konnte sie die Wasserballmannschaft der Herren und die Volleyballerinnen des Ortes gewinnen, am *Young and Style-Tag* wurde ein kleiner Skater-Funpark und eine Bühne vor der Filiale aufgebaut: Die angesagtesten Skater und Jugendbands der Stadt wurden klamotten-technisch ausstaffiert, traten auf und gaben Interviews.

Sie selbst fand diese ganze Aufmerksamkeit, die auch zum Teil auf sie traf, sehr angenehm und war der Überzeugung, dass sie sich auch entsprechend präsentieren müsste: Das Mercedes-Coupé-Cabriolet konnte sie einfach leasen, eine größere Wohnung ließ sich bequem über eine Finanzierung realisieren. In dieser Wohnung bedurfte es jedoch auch entsprechender Details – und sie kaufte sich dann auch nie die einfache, sondern immer von den Markenartikeln auch noch die bessere oder beste Version: Boxspringbett, Couchlandschaft, Flachbild-TV, Thermomix, Kaffee-Espresso-Maschine, Einbauschränke - alles musste sein. Und alles ging ja auf Ratenkauf!! Parallel frönte sie einer fatalen Leidenschaft: Schon immer ging sie – auch wegen des exklusiven Umfeldes, in dem sie dann gesehen wurde - auf die Pferderennbahn.

Das Ende vom Lied ist klar: Die laufenden Kosten stiegen ihr über den Kopf, für den Mercedes war am Ende des Leasingvertrages aufgrund mehrerer Macken und zu vieler Kilometer eine Nachzahlung von 8.000 Dollar fällig, schließlich griff sie in den Firmentresor...

Harold war ein trockener, stocksteifer Banker. Die berufliche Beschäftigung mit Geld, der tägliche intensive haptische Umgang mit mehreren 10.000 Dollar pro Tag – denn er war einfacher Schalterbediensteter – veränderten jedoch sein Wesen: Der notorische Junggeselle hockte den Rest des Tages vorm Computer und surfte und klickte, und das dann einmal zuviel: Super-Slotgames.com bot ihm 100 Dollar „Spielgeld" an und aus dem Spielgeld wurde dann schnell echtes Geld – nämlich seins. Über zwei Jahre befeuerten die Algorithmen des Programms immer wieder aufs neue die Vorsicht, Skepsis und immer größer werdende Verzweiflung, bis er sich in einer insolventen Wirtschaftssituation wiederfand, und die Werbefenster, die während seiner Spiele aufflackerten, orientierten sich zuverlässig an seinem sonstigen Surfverhalten: Liefer- und Pizzadienste, Schmuddelseiten mit Doppel-D-Damen, günstigere Apartments und schließlich immer öfter „Geld-sofort". Und so klickte er sich in der digitalen Welt munter in den analogen Bankrott.

Voller Demut und aufrichtiger Reue offenbarte er schließlich sein Problem seinem Arbeitgeber, denn er meinte richtigerweise, dass ein Schalterangestellter mit hohen Kreditschulden eventuell als Risiko eingestuft werden könnte. Voller Dank begegnete die Bank seinem Vertrauen mit einem Maximum an Verständnis und einem am Minimum orientierten Auflösungsvertrag.

Die Abstandssumme, die man ihm zudachte, war lächerlich im Vergleich zu den 15 Jahren, die er bereits für die Bank arbeitete, doch man vertraute darauf, dass jemand in seiner prekären Situation nur schwerlich den Weg zu einem teuren Anwalt finden würde. Und so fand Harold leider wieder nur den Weg zu Super-Slotgames.com, denn just an diesem Tag, an dem er gefeuert wurde, feierte das prosperierende Internetunternehmen seinen fünften Geburtstag mit fünf Tagen „Half-And-Double"!! Jeder Einsatz wurde halbiert, wenn man verlor, jedoch verdoppelt, wenn man gewann. Und so brachte er seine gesamte Abfindung an nur drei Tagen und Nächten durch.

Diese drei Oberloser fanden sich nun am arbeitsfreien Wochenende des Teufels in jener örtlichen Altstadtkneipe, der Haifischbar, ein. Eher unsicher betraten sie über vier kleine Stufen abwärts die spärlich beleuchtete Bar, deren hellste Stelle die längs zum Eingang verlaufende Theke darstellte. Der Teufel hockte an einer Bloody Mary nuckelnd als einziger am Tresen, auf der anderen Seite in einer kleinen Ecke starrten einige Faktotums der Stadt auf ihre eher leeren als vollen Gläser, die Musik spielte *After Dark* von Tito and Tarantula.
Jeder der Eintretenden ging unsicher zur Theke, um eine Frage an den Barkeeper zu richten, der wie alle Barkeeper immer mit irgendetwas beschäftigt war, was es erforderte, unsicheren Neuankömmlingen den Rücken zuzudrehen.
Alle drei verharrten an derselben Stelle an der Bar – etwa zwei Stühle Abstand zum Teufel und auf eine Gelegenheit wartend, an der man den Barkeeper hätte ansprechen können. Und jedes Mal kam der Teufel zuvor. „Harold?", fragte er Harold, der sich erschreckt umwandte und diesen Typen in diesem engen, rot-schwarz gemusterten Seidenhemd ansah.

„Ich habe dich zu der Pokerrunde eingeladen. Ich bin Max!" Und er schüttelte ihm die Hand und nahm ihn mit zu einem Raum, der sich am Ende der Theke hinter einer Tür mit der Aufschrift „Privat" befand. In einem netten Licht standen hier vier Stühle um einen sauberen Tisch herum, darauf ein Stapel Karten, in der Ecke des Raumes eine kleine Minibar. Genauso verfuhr er mit Frank und Sue. Sue fand ihn von Anfang an äußerst attraktiv, wenn nicht sogar erregend! – aber das wusste er schon vorher.

„Schön, dass ihr alle gekommen seid", begann der Teufel. „Ich möchte zunächst das Prozedere und die Spielregeln bekannt geben." Seine Stimme war angenehm sonor, die Aussprache glasklar und die Lautstärke so gewählt, dass er gut verständlich, jedoch nicht zu oberlehrerhaft erschien. Durch seine Wortwahl, seine freundlichen Blicke und ein nicht aufgesetztes, sondern ehrliches Lächeln schuf er im Nu eine angenehme Atmosphäre.

Sue sah ihn an: Diese klaren, ins mexikanisch oder spanische gehenden Gesichtszüge mit diesen dunklen Augen, einer schmalen aber markanten Nase, glatte braune Haut mit einem Kinnbart, gepflegte, volle schwarze Haare mit einer leichten Naturkrause. ‚Wahrscheinlich ist er auch Rockmusiker', dachte sie. Ihr Blick ging weiter an ihm herab, das sehr eng anliegende Seidenhemd spannte sich über einen schlanken und doch sehnig-muskulösen Oberkörper, die ersten beiden Knöpfe waren offen und zeigten den leicht behaarten Ansatz seiner Brustmuskeln, an einem Lederband, das er um den Hals trug, ein Amulett mit einem Pentagramm. Die Ärmel seines Hemdes hatte er einmal umgeschlagen: Am linken

Handgelenk trug er eine analoge Uhr, die die Ausläufer einer Tätowierung überdeckte.

Am anderen Handgelenk trug er mehrere dünne Lederriemen und bunte Bändchen, wahrscheinlich von irgendwelchen Festivals. Seine Hände und Finger waren gepflegt und schlank und umfassten geschmeidig die Karten, die er während seines Vortrags unentwegt und elegant bewegte und grazil durchmischte. Diese Finger konnten wahrscheinlich genauso gut über Gitarrensaiten gleiten oder über Klaviertasten fliegen oder noch besser sie an den Stellen berühren, an denen sie es gerne hatte.

‚Er fickt wahrscheinlich wie der Teufel', dachte sie schwer atmend, und genau in diesem Moment zwinkerte Max ihr lächelnd wissend zu, sodass sie sich ertappt fühlte.

Dann wurde er wieder förmlicher: „Wie angekündigt spielen wir *Texas Hold'em*. Der *Stack* pro Spieler beträgt 1000 Dollar. Diesen *Stack* erhaltet ihr von der Bank, sobald ihr die 1000 Dollar, die ihr als Eigenanteil mitbringen solltet, an mich übergeben habt. Eure mitgebrachten 1000 Dollar lege ich für jeden sichtbar hier neben mich. Sobald einer von euch die 1000 Dollar *Stack* aufgebraucht hat, könnt ihr ohne weiteres sofort aufstehen, eure 1000 Dollar Grundeinsatz hier wegnehmen und ohne irgend- welche Verbindlichkeiten oder Konsequenzen den Raum verlassen. Während des gesamten Spiels kann jeder von euch zu jedem Zeitpunkt das Spiel mit dem Betrag, der momentan vor euch liegt, den Raum verlassen, ohne den anderen Spielern in irgendeiner Art und Weise Rechenschaft schuldig zu sein. Ausdrücklich ist es untersagt, Mitspieler zu weiterem

Spielen zu animieren, ihnen vielleicht mit Krediten ein Weiterspielen zu ermöglichen oder den Ausstieg eines Spielers in irgendeiner Weise zu kommentieren.

Der *Ante* beträgt 10 Dollar, der *Blind* 20 Dollar. Wir spielen mit *Pot Limit*. Wir geben im Uhrzeigersinn den Dealer, der Dealer spielt natürlich nicht mit. Fragen?"

Niemand hatte eine Frage, denn der Teufel hatte schon vorher dafür gesorgt, dass jeder sich die paar Regeln für den Tag draufschaffte - zudem wollte sich auch niemand von diesen Poker-Greenhorns als Poker-Greenhorn outen.

„Dann bitte ich um eure 1000 Dollar." Sue, Frank und Harold griffen jeweils in ihre Taschen und holten ein Bündel Scheine hervor. Der Teufel, Max, nahm jedes entgegen und legte es akkurat zu seiner linken Seite des Tisches. Nachdem die drei 1000-Dollar-Häufchen nebeneinander aufgestapelt waren, zog der Teufel aus einer kaum sichtbaren Brusttasche seines Hemdes ein Bündel Scheine – 10er, 20er, 50er - hervor und reichte sie zunächst Sue. Alle waren überrascht, dass dort auf diesem von Schwarz- und Rottönen gemusterten Hemdes überhaupt eine Brusttasche war, zudem eine, in der sich ein Bündel Geldscheine verbarg. Umso erstaunter waren sie, als er drei weitere Bündel – eines für Frank, eines für Harold und eines für seinen eigenen *Stack* aus der Tasche zauberte. Harold musterte die Geldscheine, die ihm gegeben wurden, mit berufsbedingter Routine: völlig unterschiedliche Seriennummern, Prüfzeichen, Erhabenheit des Drucks, Banknoten unterschiedlichen Gebrauchsgrades und alle mit dem gleichmäßigen, bekannten und beständigen Geruch des Geldes – es waren echte Dollars.

„Dann lasst uns beginnen!" Max breitete die 52 Karten in einer halbrunden Reihe in der Tischmitte aus. „Die niedrigste Karte ist zuerst der *Dealer*", sprachs und Frank zog eine Pik 2. Die ersten Runden verliefen unspektakulär: Max sorgte für abwechselnde Gewinne und kleine Verluste, in der ersten aufregenden Runde hatten sich Harold und Sue gegenseitig hochgetrieben und der *Pot* hatte 480 Dollar – die fünf aufgedeckten Karten in der Mitte zeigten Herz 4, 5 und 6, dazu Kreuz Dame und Karo König. Am Tisch hatte es den Anschein, als wenn die beiden verbliebenen Spieler mit ihren zwei zugedeckten Karten der *Starthand* jeweils auf einen *Herz-Flush* gehen würden. Tatsächlich blufften beide, und beide durchschauten sich gegenseitig und beide hatten nur einen weiteren König und eine Dame, sodass beide zwei Pärchen hatten und es zu einem schiedlich-friedlichen *Split-Pot* kam.

In einer weiteren Runde bescherte der Teufel Harold einen *Full House*. Sue und Frank waren früh raus, der Teufel ging *All-In* – und verlor. „Du armer Teufel!", flötete Harold, er hatte nun 1.700 Dollar im *Stack*. Wie nach einem guten Mahl schaute er auf seinen nun sehr üppigen Geldhaufen. „Tja, der Teufel scheißt immer auf den dicksten Haufen!"

Max blieb gelassen: Wer über 5000 Jahre alt ist, muss zwangsläufig eine gute Verdauung haben.

Zu Beginn des Spiels dachten alle, dass man mit maximal 7.000 Dollar aus diesem Raum würde gehen können, das war nämlich die auf dem Tisch für alle sichtbare Gesamtsumme.

Aber natürlich nur, wenn alles für einen selbst optimal laufen und jeder der anderen bis zum letzten Hemd spielen würde. Der Gewinn würde dann reichen, um die nächste Woche oder auch zwei zu bestreiten, um die kleineren Beträge, die man sich inzwischen von Nachbarn, Verwandten und Freunden geliehen hatte zurückzuzahlen, (um nicht auch dort noch schlecht beleumundet zu sein), doch von einer wie in der Ankündigungsmail des Teufels versprochenen „einzigartigen Chance" war das alles so weit entfernt wie die nächste Meisterschaft für die Dallas Mavericks ohne Nowitzki.

In diese Gedankenspiele aller fuhr der Antrag von Max, der ja eigentlich seinen *Stack* verspielt hatte: „Ich würde die Mitspieler um etwas bitten: Wäre es möglich, dass ich mit einem neuen *Stack* weiterspiele?"

In diesem Moment ging ein Ruck durch den Raum. Es waren also mehr als diese lausigen 7.000 Dollar möglich, vielleicht sogar insgesamt 10.000, vielleicht sogar noch mehr.

Nachdem niemand erwartbar einen Einwand zeigte, zog Max wieder aus seiner eigentlich kaum vorhandenen Brusttasche ein wesentlich üppigeres Bündel an Scheinen hervor – dieses Bündel war doch beinahe so dick wie die Wölbung seines Brustmuskels selbst! - doch das Hemd saß wie schon den gesamten Abend straff und makellos auf seinem Körper. Es folgte ein zweites, ebenso großes Bündel! Dann sogar ein drittes!!

„Dies sind 30.000 Dollar." Er legte die drei Bündel auf seine rechte Seite, auf der linken waren die drei

1.000-Dollar-Stapel Grundeinsatz, mickrig und klein machten sie sich im Vergleich mit den Bündeln von 50- und 100-Dollar-Noten aus, die nun auf dem Tisch lagen. „Wenn ihr mir erlaubt, würde ich mir einen *Stack* von - sagen wir mal - 3.000 Dollar ausbitten?"

Max zählte aus einem der dicken Bündel die Scheine ab, Frank schlug vor: „Du kannst meinetwegen auch 5.000 Dollar nehmen." – „Oder 10!", erhöhte Harold. „Nimm doch alles!", hauchte Sue, ihre Augen blitzen ihn an, aber inzwischen auch das Geld.

Dieser Augenblick, in dem der Teufel die neuen Geldbündel aus der Tasche zog, wirkte wie ein Funken in einem ausgetrockneten Fichtenwald. Die Stimmung im Raum veränderte sich: Angespanntheit, Lauern, jetzt war es ein ordentlicher fünfstelliger Betrag, den man hier mitnehmen konnte. Jeder kauerte auf seinem Stuhl wie ein testosterongedopter 100m-Läufer im Startblock, wie ein Rudel Löwen kurz vor der Fütterung. Der Teufel wusste geschickt die Atmosphäre zu lenken, sodass die Angespanntheit nicht in Feindseligkeiten oder gar Aggression umschlug. Jeder wollte, jeder musste gewinnen – und jeder gewann. In drei Stunden waren die 30.000 geschickt verloren, als Max erneut Bündel um Bündel aus seiner Zauberbrusttasche zog...

Nach acht Stunden pokern hatte er schließlich sein Ziel erreicht – bald würde er wieder arbeiten müssen. Er hatte dermaßen gekonnt verloren, dass jeder Mitspieler exakt die Summe gewonnen hatte, mit der er bzw. sie verschuldet waren. Mehr noch: Darüber hinaus hatte er allen als eine Art „Startkapital" noch

genau **10.000** Dollar pro Nase obendrauf zuge-
schachert.

Er wurde pathetisch, sah er sich doch jetzt am Ziel
seines Vorhabens: „Liebe Mitspieler. Es ist jetzt der
Zeitpunkt gekommen, wo auch meine Taschen leer
sind." Er lächelte in die Runde, alle waren
aufgedreht und heiter. „Wenn ich mich so umschaue,
bin ich zwar heute von euch ziemlich hart aber fair
drangenommen worden, jedoch wird mein Verlust
durch die Tatsache vergolten, dass ihr alle heute
einen perfekten Abend hattet und – so glaube ich –
mit einem richtig guten Gefühl aus diesem Raum
herausgehen könnt. Ich würde mich freuen, wenn ich
euch noch an der Bar einen Absacker spendieren
darf, damit sich die Spannung, die wir jetzt all die
Stunden gemeinsam durchlebt haben, in Entspan-
nung wandelt und wir zufrieden unserer Wege gehen
können."

Max, der Teufel, war erschöpft aber gleichzeitig
gerührt von sich selbst, weil sein Unterfangen so
glücklich von der Hand gegangen war, er fühlte sich
selig und ein bisschen wie ein Heiliger und ließ den
weiteren Abend im Geiste ablaufen.

Er würde mit allen an die Bar gehen, Harold auf die
Schulter klopfen und ihm einen todsicheren
Aktientipp geben, mit Frank einen richtig guten und
alten Whiskey trinken und ihm eine nette Dame
zuführen und Sue würde er die ganze Nacht über zu
Diensten sein und dabei nicht – wie er es sonst in
seinem Job musste – nur an sich denken.

Doch niemand am Tisch hatte ernsthaft die
Absicht, jetzt mit dem gewonnenen Geld alle
Schulden auf einmal zu tilgen und mit einem guten

Startkapital ein neues Leben anzufangen.

Alle dachten, dass es schon mit dem Teufel zugehen müsste, wenn diese Gewinnsträhne sich heute noch drehen würde.

„Max, sorry, dass du raus bist, aber ich würde vorschlagen, du bestellst dir schon mal was. Ich glaube, wir machen noch ein, zwei Runden, dann kommen wir nach", sagte Harold, und er hatte es noch am vorsichtigsten formuliert.

„Wenn man einen Run hat, hat man einen Run!" Sue war wie verwandelt. Keine heißen Blicke mehr, keine lüsternen Gedanken, sie starrte auf Franks Haufen, der eine winzige Nuance größer war als ihrer – nun ja, er hatte ja auch die meisten Schulden – und sagte trocken zum Teufel: „Reisende soll man nicht aufhalten!" Ihr Blick – zuvor voll von heißer Leidenschaft – war nur noch kalte Gier.

„Ein paar Runden sind doch absolut noch drin!" Frank raste. „Ich schlage vor, wir erhöhen die Einsätze: *Ante* bei 1.000 Dollar, *Blind* bei 2000,-, kein *Limit* mehr!" Schwer atmend und mit verzerrten Gesichtern, die an Raserei und Irrsinn erinnerten, warfen die anderen beiden nun sämtliche Hemmungen ab und stimmten kämpferisch zu, griffen in ihre Geldhaufen und schmissen wie bei einer achtlosen Fütterung den Grundeinsatz in die Mitte.

Max stand mit einer halben Handbewegung schweigend auf. Müde und enttäuscht schlurfte der Teufel durch die Tür in die Kneipe. Aus den Boxen dröhnte *Ace of Spades* von Motörhead, die ersten Sonnenstrahlen des neuen Sommermorgens tippten auf die abgeschabten Parkettdielen vor der Bar.

Er ging an der Theke entlang, nahm aus seiner engen Brusttasche zwei Hundert-Dollar-Scheine und legte sie neben seinen Deckel, auf dem sechs Dollar vermerkt waren. „Stimmt so!"

„Alter, Danke!", stutzte der Barkeeper und fragte scherzhaft: „Haste etwa 'ne Druckerpresse dafür?" –

„Ts!", der Teufel seufzte sarkastisch und murmelte im Hinausgehen: „Ich hab den Scheiß erfunden. Und seitdem braucht ihr mich eigentlich gar nicht mehr."

Krösus und Solon

Neben den Geschichten, die historisch einigermaßen rekonstruiert werden können,
gibt es natürlich auch diejenigen, die eher
legendenhaft überhöht sind oder sich aufgrund der
Vielzahl von Versionen als geschichtlich zu unzu-
verlässig erweisen.

Zumindest war es für die Zeitgenossen von Krösus
oder diejenigen, die nur ein paar Jahrzehnte später
lebten, klar, dass dieser König von Lydien ein Sinn-
bild für unermesslichen Reichtum ist.

Ein Indiz dafür findet sich in der Geschichte des
griechischen Geschichtsschreibers Herodot über
einen Besuch Solons bei Krösus. Solon, Staatsmann
aus Athen und einer der weisesten Männer seiner
Zeit, war bei dem Lydierkönig zu Gast. Und was
macht ihr Menschen, wenn jemand das erste Mal zu
Besuch kommt? – Richtig! Ihr zeigt ihm zunächst
mal eure Hütte.

Das war beim Palast in Sardes natürlich ein wochen-
füllendes Unterfangen, und so beließ es Krösus nach
einem üppigen Festmahl mit einer Führung in seine
Schatzkammern, die gemäß der Überlieferung gi-
gantische Ausmaße hatten und sicherlich Walt Dis-
ney inspirierten, Onkel Dagobert mit einem
schwimmbadgroßen Geldspeicher auszustatten.

Um diese Situation jedoch für euch ein wenig au-
thentischer zu gestalten, gestattet mir, dass ich kurz
in die Rolle eines Elektrons im Werte eines ganzen

Straters schlüpfe, um aus der Perspektive einer der ersten geprägten Münzen diese Situation wiederzugeben.

Keine Angst, nicht in altgriechisch!

Krösus

Solon, weisestes Haupt unter der Sonne Attikas,

Erweise mir die Ehr zu zeigen dir,

Wie Götter den belohnen, der kühn an Tat

Und klug an Geist zu ihrer Ehr das Land bestellt.

Solon

Oh Krösus, Sohn des Alyattes und der

Mermnaden-Sippe edler Spross,

Gerühmt dein Haus für deine Gastlichkeit,

Gerühmt du bist als von den Göttern

Reich beschenkter Sohn.

Krösus

Sieh hier, in dieser Kammer reichsten Schatz,

Wo golden immer noch die Sonne glänzt,

Wenn längst schon ihre Bahn der Nächte Schattenreich betreten.

Der Arme Spanne zwanzig sinds,

In Breite, Länge, Höhe,

In diesem Raum bis unters Dach gefüllt mit Gold,

Geschmeid und Münzen.

Schweres Silber bis zum Giebel in dieser Ecke

Strömt aus Ephesus mir zu.

Platten Goldes gegenüber zeugen von der Perser
Gunst.

Und hier:
(*in dem Moment nimmt er eine Münze – nämlich mich!!*)

Elektrons in Fülle, den Sold für 20.000 Krieger

Auf 100 Jahre ich hier horte mit der Götter Bild

Dem Stier und dem Löw – und auch mir zu Ehren.

Gleich ihrem Glanze soll glänzen

Die Ehre der Götter – soll gänzen auch mir,

Der planvoll aus der Erde Schoß und aus des

Paktolos reißend Strom

Das Gold der Götter fördern tut.

Solon

So bedenk: Der weise Mann bemesse seinen Ruhm
nicht

An eigen Tat; Ruhm kann wie ein Traum ent-
fliehn.

Nur der kann glücklich sich erweisen,

Der die gesamte Lebensspann besieht.

Chor
(unvermittelt hinter einem Geldberg hervortretend)

Oh, wahr gesprochen, Solon, der Weisheit leib-
haft'ger Sohn.

Erst das Alter weiß um Weisheit in der Welt.

Krösus

Was weilt ihr nun wieder hier, der Stadt greise
Männer?

Flieht Mittagssonn und garst'gem Weib?

Chor

Oh Krösus, des edlen Alyattes Sohn,

Nicht Sonn noch Weib gedachten wir zu fliehen,

Einzig die Sorg um deiner Schätze Pracht

Versammelte uns hier um nachzuzählen.

Krösus

Den Tag erlebt ihr nicht, an dem ihr habt

Gezählt all das, was was der Götter Gunst

Für mich hat fromm bereitgestellt.

Das Alter ehr' ich, und tu damit der Götter Gunst
erwerben.

Doch weiß ich auch, dass nicht das Alter,

Sondern allein die Tat macht den Mann zum
weisen Alten.

Nur durch Tat ist dieser Raum gefüllt

Und weise schätz ich mich als Sohn des Glücks!

Solon

Eher wird ein Mann mit Pranken wie ein Bär

Die Maus zu melken wissen und sich davon zu
nähren,

Als dass ein Mensch glücklich wird mit der
Schätze güldner Pracht.

Krösus

Das Gold, ist es nicht Pfand des Glücks auf
Erden?

Und ist nicht weise der, der's anzuhäufen
weiß?

Nicht glücklich, wem dies all gelänge und weise,
wer es auch behalten kann?

Solon

Ist glücklich nicht der Jüngling, wenn er das erste
Mal

Der Jungfrau Busen fest umfasset?

Nicht glücklich, wenn üppig wogend wie Melonen

Des Weibes weißbefleischte Kissen ihn
umfangen

Und er den Tau des Schoßes sinnlich kostet?

Doch ach, schon bald sind da nur leere Schläuche
wie von Leder,

Wo einst sein Blick nicht weichen konnt,

So neigen jetzt der Früchte Augen traurig sich

Gen Hades und er – nur wie ein Trugbild
schön'rer Tage

Weiß noch so ungefähr, wie es war in frühern
Jahren.

Chor

Oh Solon, erinnernd rinnt dem Aug' die Träne,

Du sprichst so wahr vom Glück, das längst ver-
gangen.

Und auch der Lenden Kraft ist schon hinfort.

Wo einst Stamm aus Wurzel

Stramm sich hob wie unserer Paläste Säulen,

Ist heute nur ein schrumplig Wurm und glücklich
der,

Der's Wasser halten kann.

Krösus

Nur wer ein Tor ist, der vergleicht

Den Schatz der Jugend mit des Krösus Schätzen!

Das Fleisch vergeht, das Golde bleibt!

Auf dass auch mein Glück in Gold gewogen und

Durch der Götter Fügung mir wurd und werde
stets zuteil.

Solon

Das Glück: Erzwingen wird es keiner und behalten!

Nur, wenn Demut das Gemüt umziert.

Die Zimmer gülden aufgefüllt sind nicht

Des Glückes Ausweis hier auf Erden.

Das Glück gleicht launisch einer Katze

Die mal umschmeichelt eines Mannes Bein,

Ein ander Mal gar garstig faucht

Und immer ist auf Tatzen unterwegs

Die keines Menschen Ohr vernimmt.

Erst wenn du müde bist des Lebens,

Dich auf dem Faulbett niederlegst

Und wartest auf des Fährmanns Kahn,

Wenn dann der Wolken Sorgen keine sind,

Die deine Stirn umspannen,

Dann kannst du schwören Stein und Bein:

Mensch, ist das schön, das Glücklichsein!

Tatsächlich ist Krösus dann noch in eine Situation gekommen, die trotz seines enormen Vermögens einen beträchtlichen Abstand zum Zustand des Glücks hatte: Nach seiner Niederlage gegen den Perserkönig Kyros II. sollte er der Sage nach auf einem Scheiterhaufen verbrannt werden. Da fielen ihm die Worte Solons wieder ein und schlagartig wurde ihm bewusst, dass der weise Athener Recht gehabt hatte.

„Solon, Solon, Solon!", soll er gerufen haben, wurde begnadigt und führte fortan - als eine Art Aufsichtsratmitglied bei vollen Bezügen - ein erträgliches Dasein, bei dem es vor allem darum ging, den persischen König bei seinen ebenfalls materiell definierten Glückversuchen zu unterstützen.

Der Perserkönig starb übrigens in einer Schlacht, zu der ihm unter anderen Krösus geraten haben soll – so ein Schlawiner…

Samuel

Es war ein schöner Tag für Samuel. Er konnte morgens ausschlafen und seine WG-Kumpels waren diesmal auch relativ leise und ohne großes Aufsehen in den Tag gestartet.

Er genoss es, mal allein in der kleinen Küche zu sein, sich in aller Ruhe ein Frühstück zu machen, danach so lange er wollte die Toilette benutzen zu können, um sich dann in aller Ruhe zu duschen, sich anzuziehen und für den Tag fertig zu machen.

Er würde heute noch in die Stadt gehen, um dort um genau 11 Uhr seine Mutter anzurufen, Bankgeschäfte erledigen, zum Beten die Stadtkirche aufsuchen und noch etwas einkaufen und dann zur Arbeit.

Gestern Abend war er erst um 2 Uhr nachts wieder nach Hause gekommen. Er fand die Küche in einem desolaten Zustand, seufzte und räumte noch ein bisschen auf - also nur den Müll und die Krümel vom Tisch, das Besteck und Geschirr spülte er schnell durch, es stand noch da vom Frühstück, Mittag- und Abendessen. Dann war er ins Bad gegangen, hatte sich gewaschen, anschließend ein Gebet gesprochen und dann in sein Zimmer geschlichen, in dem ihm wie gewöhnlich das leise Schnarchen von Wilhelm entgegensäuselte.

Der gestrige Arbeitstag lief ab wie jeder andere auch: Er erschien um 12 Uhr zu seiner Schicht, es war schon einigermaßen Betrieb, sein Chef und ein Mitarbeiter grüßten ihn, dann ging er die Treppe hinunter: Hier war ein kleiner Verschlag für seine Arbeitsutensilien, hier war sein Arbeitsplatz.

Samuel saß dort und war für jeden Tag dankbar, an dem er hier saß. Sein Chef war ein äußerst großzügiger Unternehmer, der ihn weit über Tarif bezahlte, doch das durfte niemand wissen, schon gar nicht die vom Amt.

Samuel stammt aus Rundu, der zweitgrößten Stadt Namibias. Seine Eltern betrieben einen kleinen Gemischtwarenladen, er besuchte zuerst die Rundu Primary School, dann die Rundu Christian School. Seine Eltern hatten schon früh den Plan, dass Samuel, das älteste von fünf Geschwistern, den Laden übernehmen und eventuell sogar expandieren sollte: Rundu liegt im äußersten Nordosten zur Grenze zu Angola, hier böte sich vielleicht die Möglichkeit, mit Filialen im angolanischen Grenzgebiet einen florierenden Handel aufzuziehen.

Leider verspekulierte sich sein Vater: Die vielen verdammten Arbeits- und Klimawandelmigranten aus Angola hatten allesamt dieselbe Geschäftsidee - nämlich im Nachbarland wirtschaftlich Fuß zu fassen!

Sie eröffneten kleine Läden wie seinen in Rundu – obwohl: Das waren gar keine Läden! Es waren schäbige Baracken oder irgendwelche Hinterhöfe, wo auf vom Sperrmüll weggezerrten Brettern Bananen, Mais, Hirse, Batterien nebeneinander angeboten wurden. In inflationärer Menge strömten morgens abgehalfterte Typen mit schrottreifen Handkarren und dicke, schwitzende Frauen mit elefantengroßen Taschen auf dem Kopf in seine Straße, um dort Passanten abzufangen und verkauften Süßigkeiten, Mehl, Zucker, Hühnerhälften, Fertigsuppen und Gewürze.

Eine Verlagerung seines Geschäftszweiges in Richtung Tourismus war ebenfalls nicht von Erfolg gekrönt: Diese verdammten Nigger aus Angola schnitzten ganze Regenwälder zu Statuen, Wildtieren und Fetischskulpturen, die Frauen von denen produzierten neben einem Haufen Bälger Berge von Ketten, Anhängern und geflochtenen Gürteln.

Schon bald war es nicht mehr nötig, dass Samuel im Laden half – es wurde notwendig, dass er irgendwo arbeitete, um die Familie zu unterstützen.

Sein Traum war Profisportler. Er war der Kapitän der Rugby-Jugendmannschaft der Rundu-Chiefs und sein Trainer sagte ihm, dass er den Chefscout vom Serienmeister aus Windhuk kenne und ein Wechsel in die Hauptstadt ihm den Traum vom Rugby-Profi ermöglichen würde – doch daraus wurde nichts und stattdessen wechselte er in den Süden des Landes – nicht zu einem Rugby-Club, sondern in eine Zinnmine.

Nach einem halben Jahr stürzte er vier Meter tief und brach sich dabei mehrfach die linke Schulter – und fand sich bei seiner Familie in Rundu wieder, die sich mit einer Vielzahl an Kleinjobs irgendwie über Wasser hielt und die Kraft fürs Leben vor allem aus dem religiösen Miteinander ihrer katholischen Heimatgemeinde zogen.

Samuel war nun ein großgewachsener, relativ gut gebildeter, intelligenter und sehr freundlicher junger Mann, der seine linke Schulter nur noch sehr eingeschränkt bewegen konnte und ansonsten voller Scham dem Leben und seinen Eltern gegenüberstand, die er vor Gott und der Welt nicht enttäuschen durfte. Zwei Jahre lang hielt sich die Familie nun schon irgendwie über Wasser und gleichzeitig fest an ihrer Gemeinde.

Samuel war inzwischen im Gemeindevorstand, dann kam seine Chance: Bei einem Besuch der deutschen Partnergemeinde machte er nachhaltigen Eindruck. Seine Höflichkeit, sein Charme, seine schnelle Auffassungsgabe und vor allem der Umstand, dass er recht passabel Afrikaans sprach und damit auch recht schnell deutsche Sätze bilden konnte, führten dazu, dass er über ein Besuchsprogramm nach Deutschland kam.

Die Heimreise trat er nicht an. Seit zwei Jahren hangelte er sich nun irgendwie durch und schaffte es mit einem kleinen Schrittchen nach dem anderen sich eine halbwegs gesicherte Existenz aufzubauen. Aufgrund seines Duldungsstatus waren ihm zunächst Sprach- und Ausbildungskurse verwehrt. Jedoch sein Sprachgeschick, seine Beharrlichkeit und Zuverlässigkeit zahlten sich aus.

Inzwischen hatte er einen festen Wohnsitz in der „Duldungs-WG" einer privaten Initiative. Er teilte sich das Zimmer mit Wilhelm, ebenfalls aus Namibia, der bei seiner Einreise sogar schon ein paar nützliche Brocken Deutsch konnte – wie segensreich war doch die deutsche Kolonialvergangenheit!

Und dann war da Andreas, der ihm diesen Job angeboten hatte. Andreas hatte vor 20 Jahren viel richtig gemacht: Er hatte sich den Franchise-Vertrag des McDonalds direkt neben dem Bahnhof gesichert. Das Gebäude und das Restaurant als solches waren zwar weit entfernt von den inzwischen üblichen Standards: Das Ladenlokal war in einen Altbau integriert, die Anzahl der Sitzplätze und Verkaufscounter relativ überschaubar, mit der obligatorischen Einrichtung des McCafés wurde der Raum noch kleiner. Die Toiletten waren wie bei der gesamten Gastronomie in der Altstadt in den Keller gesetzt worden.

Jedoch war die Lage der Filiale eine Lizenz zum Gelddrucken: Am Bahnhof war immer Betrieb, in der Altstadt nebenan steppte jeden Tag der Bär. Ab 12 Uhr mittags waren nahezu alle Sitzplätze bis in den Abend besetzt, es gab quasi immer Vollauslastung in den Schichten.

Diese Lage brachte jedoch auch gewisse Nachteile mit sich: Die örtliche Drogen-und Obdachlosenszene war genauso präsent wie die zum Teil unberechenbaren Rudel von angetrunkenen Jungmännergruppen. Dazu kam jeweils zu den Fußballspielen des örtlichen Bundesligavereins der schlagartige Überfall ganzer Fanzüge.

Andreas hatte ein Sicherheitssystem installiert: An den potentiell „gefährlichen" Tagen waren drei Security-Männer vor der Tür postiert, manchmal wurde sogar wie bei Diskotheken nur dann der nächste Besucherstrom hineingelassen, wenn eine entsprechend große Gruppe hinausging.

Samuel wurde vor allem deshalb von Andreas engagiert, weil dieser jemanden haben wollte, der unten im WC-Bereich für Ordnung sorgt. Vor allem die

Obdachlosen und Junkies wurden damit abge-
schreckt, denn Samuel, trotz seiner Schulterver-
letzung immer noch ein Hüne von Mann, der mit
seinen 1,95m und den breiten Rugby-Schultern große Schatten in den kleinen Kellergängen der Toilette
warf, arbeitete hier zwar nicht martialisch oder ein-
schüchternd, jedoch aufgrund seiner Gewissenhaf-
tigkeit enorm effektiv. Er hatte schnell einen Blick
für das entsprechende Klientel entwickelt, und
dachte mal einer, er könnte sich trotzdem auf der
Toilette verbarrikadieren, sich eine Dröhnung ver-
passen und sich dann einfach – scheiß auf alles –
treiben lassen, so hatte Samuel ruck-zuck, noch ehe
die Spritze aufgezogen oder das Crack auf der Alu-
folie erhitzt war, die Tür geöffnet und die Securities
aktiviert.
Samuel hatte sich angewöhnt, die Kunden, sobald er
sie einmal ganz kurz auf verdächtig oder unver-
dächtig verifiziert hatte, möglichst nicht anzuschau-
en: Frauen fühlten sich vielleicht belästigt, Männer –
vor allem die aus der besoffenen Fußballfan-
Abteilung – neigten auch mal zu mehr oder weniger
offenem feindseligen Verhalten. *„Hat's hier ge-
brannt?"*, war dabei noch der netteste Kommentar,
den er sich täglich anhören musste.

Andreas hatte mit Samuel ein *Gentlemen-
Agreement*, wie er es nannte, getroffen. Er könne ihn
natürlich nicht mit einem sich am Mindestlohn ori-
entierenden Vertrag einstellen, dies gäben auch die
immensen Sicherheitskosten, die er ohnehin habe,
nicht her. Zudem käme die Arbeitsagentur dann
auch regelmäßig mit dem Einwand vorbei, dass ei-

nem Geduldeten doch ein heimischer Arbeitsloser vorzuziehen sei. Jedoch hätte er mit seinem Steuerberater die Möglichkeit ausgelotet, ihn – Samuel – als Praktikanten anzustellen. Dafür müsse Samuel nur einen Praktikumsvertrag als Reinigungsfachkraft unterzeichnen, und zufällig habe er auch schon alle notwendigen Unterlagen dafür vorbereitet und dabei. Er würde ihn auch nicht direkt als Praktikant beschäftigen, sondern die neu gegründete Firma seiner Frau, die *Mc-Sauber-GbR*, von der er dann ein Praktikantenhonorar zuzüglich Aushilfslohn erhalten würde.

Dafür müsse er auf der Toilette eine Präsenz von 12 Uhr mittags bis Ladenschluss haben. Sonntags gebe er ihm frei. Alle steuerlichen Dinge übernehme er für ihn. Da die Arbeitszeit – jeweils etwa 12 Stunden an 6 Tagen, doch ziemlich hoch sei, er ihm auf dem Papier jedoch nicht mehr als 700,-€ für seine Dienste zahlen könne (von denen ihm netto nach lauter Abzügen, die er nicht verstand, immerhin noch 530,-€ blieben), würde er ihm pro Monat noch 100,-€ schwarz auf die Hand geben – auch weil es an manchen Tagen ja auch etwas länger zu tun gebe. Dieser „Extrabonus" setze natürlich voraus, dass das Geld, was unten im Toilettengang auf dem kleinen Tellerchen landete, selbstverständlich ihm – Andreas - gehöre, denn es wäre ja das Entgeld für Wasser, Strom, Lohnkosten, Infrastruktur etc.

Samuel unterschrieb freudig und war glücklich. Der Job war für ihn ein Klacks. Gut, lange Arbeitszeiten, die Tätigkeit nicht gerade amüsant, die alltäglichen Anfeindungen – jedoch konnte ihn das nicht berühren: Er hatte es geschafft! Zwar registrierte er, dass täglich locker 20-30€ auf dem Teller landeten – was monatlich 600-900€ waren, jedoch verbat er sich, sich kritischer mit entsprechend aufkommenden Gedanken Andi gegenüber auseinanderzusetzen. Er schaute auf das, was er hatte: eine geregelte Arbeit, eine Wohnung, ein regelmäßiges Einkommen (auch wenn ihm de facto nach Abzug seiner Wohnkosten nur rund 300€ pro Monat blieben). Er hatte ein Handy, er hatte mit Wilhelm einen Freund, er hatte die örtliche Gemeinde – und im Monat immer etwas Geld übrig, das er seiner Familie schicken konnte!!

So saß er da auf seinem Stuhl, ging einmal pro Stunde seine Runde: Mit einem Bündel Einmalhandtücher wischte er über die Ränder der Urinale, er sprühte Reinigungsmittel auf die Klobrillen und in die Becken, schwang schwungvoll die Bürste, stellte das gelbe Schild „Caution! Wet Floor!" auf, feudelte einmal die Böden feucht durch und protokollierte auf der ausgehängten Reinigungsliste seinen Dienst. Ab und an ein blöder Spruch, ein paar Mal die Stunde Laufkundschaft, die einfach mal musste und 50 Cent auf den Teller legte oder auch nicht.
Der Flur wurde von einer Kamera überwacht – ein Schild wies deutlich darauf hin: Auch dies ein Teil des Sicherheitskonzeptes! Vielleicht überprüfte Andreas damit auch, ob Samuel auch alles Geld auf dem Teller ließ?
Es kam auch manchmal vor, dass Leute ihm direkt etwas zusteckten: Zunächst wusste er nicht, wie er damit umgehen sollte; schließlich beobachtete ihn

Andreas ja! Aber in diesen paar Momenten im Monat hatte er sich dann vorgenommen, das Geld dann doch für sich zu behalten – und Andreas thematisierte auch nie etwas.

Auch an diesem Abend gab es wieder jemanden, der ausdrücklich *ihm* etwas geben wollte: Der Mann war ziemlich betrunken, hatte ziemlich gepflegte Klamotten und sich beim Händewaschen ziemlich viel Zeit gelassen. Samuel bekam mit, wie er in den Spiegel starrte, sich sein Gesicht von besoffen zu stolz und schließlich zu Weltschmerz wandelte. Schließlich kam er an Samuel vorbei, verharrte vor ihm, nahm mit seiner Linken eine von Samuels behandschuhten Hände und drückte ihm mich in die Hand. Einen Moment lang verharrte er in dieser Position: Sein Gesicht zeigte Einvernehmen und irgendetwas wie „im Geiste verwandt" oder so, sein Kopf nickte leicht, er sagte etwas wie „Mach was draus!" Samuel sah unterwürfig auf, bedankte sich ehrlich. „Danke! Danke, mein Herr!"
Dann sah er ihm nach, wie er mit einem entschlossenen, jedoch wankenden Gang die Treppe nach oben nahm, dabei abwechselnd links und rechts an die Wand tickte.
Samuel sah mich lächelnd an und schob mich in seine Tasche. Es war ungewohnt bei ihm: Auf der einen Seite merkte man, dass hier kohletechnisch nicht viel los war. Auf der anderen Seite aber fehlte das in solchen Hosentaschen so typische Gefühl von Verzicht, von zu-kurz-gekommen, von Ungerechtigkeit. Und das Gefühl von Minderwertigkeit. Es war auch nicht das Gefühl aus der Hosentasche von

Carsten: dieses Getriebene, Termin, Termin, Termin! Den Deal klarmachen, bevor ihn ein anderer macht! Gewinnen! Stillstand ist Rückschritt!! ..etc.

In Samuels Hosentasche war es anders: In dieser Kargheit war das sehr seltene Gefühl von Gleichklang und Zufriedenheit.

Samuel saß auf seinem Stuhl, in einer Stunde würde die Schicht zu Ende sein. Er stimmte sein Lieblingslied an, ein Lied, das ihm schon sein Opa und seine Mutter vorgesungen hatten in den langen warmen Abenden in Rundu, kurz bevor die Sonne vom Horizont verschluckt wird und sich dann schlagartig schwärzeste Schwärze über Rundu, Namibia, ja ganz Afrika legt:

Seht den Akrobaten, er steht auf diesem Seil.

Das Seil ist dünn und hoch, doch sein Wagemut ist groß.

Er setzt die Schritte, einen vor den anderen,

er ist so kühn, links und rechts droht ihm der Abgrund.

> *Doch du, du Mutter Erde, dich werd ich nicht vergessen.*

> *Ich werde immer treu dir sein, fest trägst du meinen Schritt.*

Und seht, der Akrobat, schon hat er die andere Seite erreicht,

der Applaus ist sein, sein Ziel erreicht.

Doch die Kühnheit ist immer noch in ihm,

der spannt das Seil nun höher und auch weiter,

wie kann er nur so toll sein?

> *Doch du, du Mutter Erde, dir werde ich immer treu sein,*

> *fest trägst du meinen Schritt, auf dir komme ich auf die andere Seite.*

Nein, seht, der Akrobat, in schwindelnder Höhe,

setzt er jetzt die Schritte, ihn treibt's dort hoch und weit hinüber,

unerhört, die Tat, die er vollbringt,

unerreicht, das Ziel, wenn es gelingt.

> *Doch du, du Mutter Erde, fest trägst du meinen Schritt,*

> *auf dir komme ich auf die andere Seite, sicher geleitest du mich ans Ziel.*

Und nun, der Akrobat: Auch dieses Ziel ist erreicht,

Er spannt nun das Seil in den höchsten Wipfeln der Bäume auf,

unter ihm nichts als Abgrund,

er schafft es fast, doch stürzt er herab

zerbrochen alle Träume und das Genick.

*Doch du, du Mutter Erde, auf dir komme ich auf
die andere Seite,*

*sicher geleitest du mich zum Ziel: Wo ich jetzt
stehe, liegt der Akrobat.*

*Und du, du Mutter Erde, trägst mich mein Leben
lang,*

Sonne und Mond kehren jeden Tag zu dir zurück,

und ganz bestimmt auch jeder Akrobat.

Mit diesem Lied ging Samuel nach Hause, mit diesem Lied schlief er neben dem leichten Schnarchen von Wilhelm ein, dieses Liedchen flötete er an diesem Morgen, als er in Ruhe aufstand, die Küche aufräumte und frühstückte.

Er sammelte Bargeld zusammen und steckte es in eine Geldbörse, in der dieselbe harmonische Stimmung war wie in seiner Hosentasche. Dann verließ er die Wohnung, sein Weg führte ihn direkt zu einem kleinen Laden in Bahnhofsnähe, „International Call" - „International-Money-Transfer" stand auf dem Schild, darunter ein selbst gemaltes Pappschild „Original African Products".

Der Laden streckte sich schmal und lang in das Innere des Hauses hinein: Auf den ersten fünf Metern war in der Mitte ein Regal, das einen Gang nach rechts und nach links bildete, beide Gänge zu beiden Seiten vollgestopft mit Süßigkeiten, Grundnahrungsmitteln, Konserven und sonstigem Bedarf, alles in viel zu bunten Verpackungen. Jeweils am Boden stapelten sich 5- und 10-Kilo-Beutel mit Soja, Mais, Maismehl, Hirse, getrockneten Hülsenfrüchten.

Im hinteren Teil des Shops gab Telefonplätze und einen mit echtem Sicherheitsglas abgetrennten Schalter von Money-Gram, einer internationalen Transferbank: Hier saß der Inhaber des Ladens, wies Samuel einen der vier Telefonplätze zu und schaltete nach Bezahlung die Leitung frei. Er hatte sogar zwei Bildschirm-Telefonplätze, die brauchte Samuel aber nicht. Es war Punkt 11, und alle zwei Wochen rief er seine Mutter in Rundu an, das 10-Minuten-Gespräch für 2 Euro. Er bezahlte mit mir, setzte sich an das der Glasbox nächste Telefon, wählte und wartete: „Samuel?" – „Hallo Mama! Gott segne dich!" – „Samuel! Gott segne dich mein Sohn!"

Nach dem Gespräch kam Samuel wieder zu der Glasbox. „Ich möchte noch eine Überweisung machen!" Er kramte 32 Euro zusammen. Der Besitzer kannte ihn schon, scrollte durch die Kundendatei. „Namibia, Rundu, Samuel Wabesi?" – „Genau! 30 Euro bitte als Barauszahlung!" Der Ladeninhaber tippte die Beträge ein. „Der Auszahlungsbetrag in US-oder Namibia-Dollar?" – „US bitte." „Ok, die Auszahlung beträgt 31,19US-Dollar, die Transfergebühr beträgt 1,99€."

„Alles klar, wie immer!", sagte Samuel und legte stolz und mit einem gütigen Lächeln 32 Euro zwischen die Aussparung des Sicherheitsglases auf die Theke. Der Mann gab Samuel einen Beleg und ein fröhliches 1-Cent-Stück, das „Kreislauf" rief, zurück, dann nahm er das Geld entgegen und sortierte es in die Kasse ein.

„Willkommen bei MoneyGram!", sagte die Kasse zu uns. „Tag auch!", sagte ich. „Rückt mal zusammen,", sagten die 10er und 20er-Scheine, „es kommen Neue."

„Wisst ihr eigentlich,", fuhr die Kasse fort, „wie bedeutsam die MoneyGram International ist?"

„Ach du meine Güte!", klagte ein 5-Euro-Schein, „erzählt der das jetzt jedes Mal, wenn neues Geld hier hineinkommt?" – „Da kannste einen drauf lassen!", fiepten die Kleinmünzen, die üblicherweise überdurchschnittlich lange als Wechselgeld in dieser Kasse lagen.

Die Kasse ließ sich nicht beirren und fuhr fort: „Wusstet ihr, dass MoneyGram die weltweit zweitgrößte Bank im Geldtransfergeschäft ist? Ihr werdet jetzt sicher sagen: ‚Hey, ist dieser Markt denn wirklich so wichtig?' Ich sage hier nicht Ja oder Nein, sondern ich stelle nur fest, dass laut Weltbank allein im Jahr 2018 Migranten weltweit etwa 440 Milliarden US-Dollar in ihre Heimatländer geschickt haben! Unser Unternehmen ist in über 200 Ländern mit über 350.000 Vertriebspartnern tätig!" – „Vertriebspartner? Du meinst wohl eher Gemüsehändler!", beschwerte sich ein erfahrener 50-Euro-Schein. „Wo ich normalerweise den Begriff „Bank" benutze, riecht es gemeinhin nicht nach Koriander, weißem Pfeffer und Weichmachern aus Plastikverpackungen."

„Ach weißt du,", entgegnete die Kasse, „zwar haben wir hier nicht wie in Bankfilialen üblich dieses im Grunde genommen völlig austauschbare Flair von zweckmäßigen und gut feucht abzuwischenden Wartebereichen, von funktionell arrangierten Beratungsinseln und allgegenwärtigen Aufstellern für Produktinformationen nebst einem Bildschirm, auf dem in Endlosschleife irgendwelche Firmenpropaganda abflimmert. Worauf es uns ankommt, ist das, was am Ende auch in jeder anderen Old-School-Filiale von Sparkasse, Commerz- oder Deutsche Bank zählt: Was ist im Topf?

Habt ihr schon mal überlegt, wie groß der Beitrag von Banken wie der unseren für die Entwicklung der weniger entwickelten Länder ist? Die Summen, die z.B. nach Afrika überwiesen werden, sind ein Vielfaches von dem, was diese Länder zum Teil als Entwicklungshilfe bekommen!" – „Das tritt ja wohl dem Fass den Boden aus!" Ein anderer 50er-Schein, der deutlich sozialistisch sozialisiert wurde, mischte sich jetzt ein. „Du tust ja gerade so, als würden MoneyGram oder Western Union oder wie diese ganzen Halsabschneider sonst noch heißen *ihr* Geld in wohltätiger Art und Weise in die Elendsviertel dieser Welt schicken. Es sind aber die *Migranten*, die dieses Geld schicken, und Wegelagerer wie ihr knöpft diesen armen Teufeln Gebühren von 7-10% ab! Geld, das, wenn ihr es nicht in eure nimmersatten Bäuche stopfen würdet, ebenfalls in diese Entwicklungsländer ginge. Ihr bestehlt diese Menschen jedes Jahr um Milliarden! Und wofür? Für den Shareholder-Value! Arme Teufel schicken ein paar

Kröten in ihre Heimat, und ihr zieht denen noch was ab, damit irgendwelche Investmentheinis an ihren Pools in Miami oder Ibiza sagen können: *Die Zahlen stimmen!*"

Die Kasse war jetzt deutlich angefressen. „Dienstleistung hat ihren Preis!", sagte sie schnippisch. „Und wir bieten eine weltweite, einfache und sichere Dienstleistung an!" – „Ihr profitiert schlicht davon, dass die Leute, die sich hier gegenseitig Geld schicken, abgeschnitten sind von Digitalisierung, geschweige denn die Möglichkeit haben, ein schlichtes Bankkonto zu besitzen!"

„Das wär ja noch schöner!", tönte jetzt ein eher nicht so sozialistischer 10-Euro-Schein. „Wenn jeder, der von Afrika hier rüberkommt, auch noch 'nen Bankkonto kriegen würde. Das nehmen die uns also auch noch weg!" – „Das Boot ist voll!", quickte ein 50-Cent-Stück. „Und früher war ich mal ne Mark!"

Ich konnte mich des Eindrucks nicht erwehren, dass die Diskussion jetzt ganz unvermittelt eine deutlich politische Dimension eingenommen hatte – und hier war ich der Meinung, dass man sich als Geld nicht zu weit aus dem Fenster lehnen sollte und sich besser daran zu halten habe, wofür man konzipiert ist: Kreislauf!

Es dauerte auch nicht lange, dann verließ ich als Wechselgeld auch schon wieder diese Hart-aber-Fair-Diskussionsrunde. Ich wanderte an diesem Tag tatsächlich noch dreimal: Von MoneyGram zu einem Kiosk, von dem Kiosk zum Netto und hier als Wechselgeld in das Portemonnaie einer Frau, die man getrost als – nun ja, wie sagt man bei euch, lasst mich kurz überlegen:

Die, die sich immer Senf aufs Butterbrot schmieren...

Die, die 'nen Igel in der Tasche haben...

Die, die ihre Scheiße sieben, ob nicht noch 'ne Erbse dabei ist...

Ah, jetzt hab ich's: In das Portemonnaie eines Sparbrötchens!

Rewe

Jetzt hatte er genug. Ganz sicher hatte er genug zusammen. Pascal ging noch etwas in dem nun immer mehr abnehmenden Strom der Fußballfans, die sich vor dem Eingang ballten, hin und her. Bald schon wurde es luftiger, die Menge derjenigen, die Einlass erhielten, war nun deutlich größer als die wenigen, die jetzt erst zur Einlasskontrolle kamen. Pascal schaute sich die Entgegenkommenden an: In der Regel hatten sie frischgefüllte Becher, mit denen der Eintritt erlaubt war. Die kleine ältere Frau wuselte zwischen den nun sehr lichten Reihen der Besucher hin und her. „Verpiss dich!", zischte sie wieder. Das tat er auch. Er war nass, seine Füße waren kalt, seine Hände und Ärmel dreckig, er roch nach Bier. Sein Weg führte ihn Richtung Haltestelle – hier waren kaum noch Fans. Überrascht sah er in einem Gebüsch mehrere Glasflaschen – die passten noch, irgendwie, die nahm er zur Sicherheit noch mit. Es waren fünf, also 40 Cent!

Er stand eine Zeit lang am Bahnsteig, der Regen hatte aufgehört, vom Stadion her klang ein zehntausendfaches Raunen – dann ein zehntausendfaches Atemaussetzen – und dann ein infernalisches Gebrüll, das von der Torhymne, die aus den Lautsprechern dröhnte, untermalt wurde. In den Jubel hinein machte der Stadionsprecher eine Ansage.
Auch auf dem Bahnsteig gab es eine Ansage, der Zug fuhr ein.

Die Bahn war fast leer, Pascal hatte eine 4er-Sitz-gruppe ganz für sich, den Rucksack neben sich, den großen Müllbeutel zwischen den Beinen. Aus dem Heizungsschacht strömte angenehm warme Luft zu ihm hinauf.

Er hatte es geschafft. Ganz sicher würden die vielen Dosen reichen. Zwei Leute hatten ihm sogar noch etwas zugesteckt, jeder einen Euro! Das war kein Betteln! Die haben das von sich aus so gemacht! Also brauchte er nur für 11 Euro Pfand, und da war er sicher, die hatte er zusammen! 11 Euro, das sind 44 Dosen! Allein in seinem Rucksack waren ja welche, sieben, acht oder zehn, und dann der gut gefüllte Müllsack und auch noch die Glasflaschen! Natürlich werden sie am Eingang des Rewe, an dem ein Informationscounter steht und ein Security-Typ, natürlich werden sie doof gucken, wenn da ein 11-Jähriger mit dreckigen Klamotten und dicken Tüten ankommt und nach Bier stinkt, aber er wird erklären, dass er Leergut gesammelt habe, als sei es das Normalste auf der Welt für einen 11-Jährigen, und dann wird er hinten in die Ecke zum Getränkeautomat gehen.

Da wird vielleicht so ein Rentner vor ihm sein oder ein Familienvater, der seine Kleinkinder die Flaschen einwerfen lässt. Aber Pascal wird sich nicht aufregen oder beirren lassen, er wird dort einfach stehen und warten, bis er an der Reihe sein wird. Und natürlich wird es so sein, dass der Automat nicht jede Dose sofort nimmt. Vielleicht wird die eine oder andere Dose genau an der Stelle des Codes verbeult sein oder verschmutzt. Er wird sie dann ausbeulen oder säubern, er wird mit seinem Ärmel über die nasse, dreckige Stelle wischen und es würde ihm egal sein. Eine Dose nach der anderen und dann die Flaschen wird er hineinwerfen und dabei sehen, wie mit jeder Dose, die eingezogen wird, der Betrag in der Anzeige hinaufspringt und mit jedem Mal, wenn nach vier Dosen eine neue Euro-Schwelle erreicht ist - 4€, 5€, 6€ - würde auch sein Herz ein kleines bisschen springen und dann würde er die letzte Dose und auch die Flaschen hineingeworfen haben, der Betrag würde 11 plus x sein, er würde den Beleg ausdrucken und dann voller Freude zu dem Regal gehen. Zu dem Regal, wo immer noch versteckt hinter dem Lego-Duplo-Karton der Hulk-buster im Angebot auf ihn warten würde, und er würde ihn an sich nehmen, und wenn noch Geld übrig wäre, würde er sich eine Tüte Chips kaufen und zwar nicht die JA-Chips, sondern die von Chipsfrisch, aber nein: eine Tafel Milka-Schokolade für Oma!

Und dann würde er zur Kasse gehen, er würde dort an der Kasse stehen, den Hulkbuster-Karton und die Tafel Schokolade auf das Band legen und sein Geld und die Quittung herausholen und es würde genug sein und er würde dort stehen schmutzig und stinkend aber voller Stolz, es geschafft zu haben und voller Würde!

Die Leute hinter ihm oder die Kassiererin würden vielleicht doof gucken, weil er derart abgerockt aussah, doch das würde ihm egal sein. Denn dieser Augenblick würde ihm gehören. Der Augenblick, in dem er sich das kaufen wird, was er haben will und genug Geld dafür hat.

Denn dann würde er in diesem Moment zu ihnen gehören.

Zu denen, die sich einfach kaufen können, was sie möchten.

Zu den ganz normalen Menschen halt.

Und das war der Moment der Würde.

Denn er wüsste nicht nur, dass der ersehnte Karton mit Legospielzeug sein eigen sein würde; er würde auch die Gewissheit haben, dass wenn man in dieser Welt etwas erreichen wollen würde, man es schaffen könnte, wenn man nur die notwendige Disziplin, den Willen und die Leidenschaft dafür aufbrächte.

Oder etwa nicht?

Oder sind diese Überlegungen vielleicht auch zu weitgehend?

Gewiss sind sie das. Zumindest gehen sie für ein 2-Euro-Stück zu weit und sie gehen mich im Grunde genommen auch gar nichts an.

Es geht uns letztendlich doch nur um eins: Kreislauf! Kreislauf!

Dankesworte

L iebe Menschen!

Liebe Frauchen und Herrchen!

Wie soll ich all meine Gefühle nur in Worte fassen? Am liebsten würde ich euch ganz kräftig die Hand drücken, euch um den Hals fallen, für euch tanzen! Aber mir bleiben baubedingt nur Worte:

Danke!!

Danke dafür, dass ihr uns erschaffen habt!!

Über tausende von Jahren begleiten wir euch nun schon und wenn man mal zurückschaut, so hat sich unsere Beziehung seitdem doch ungemein vertieft, verfestigt, gar elementar verändert!

Zunächst wurden wir nur erschaffen, um einen notwendigen Warenaustausch zu erleichtern: Menschen, die in einer Region zusammenlebten, vereinbarten, dass Steine oder Muscheln eine Art Wertersatz für Waren darstellten – man kann auch sagen: Ein mündlich geschlossenes Versprechen, das gültig wurde, wenn der eine dem anderen per Handschlag einen besonderen Stein oder eine schöne Muschel gab. „Hier hast du meine Ziege, im nächsten Herbst gibt's du mir dafür drei Ferkel, als Beweis nimm' diesen Stein!"

Meine Ur-ur-ur-ur-Vorfahren, also diese Steine und Muscheln, waren nichts anderes als der Beweis, dass es ein Versprechen zwischen euch gab.

Dann veränderte sich etwas: Allmählich einigten sich nicht mehr nur einige Menschen aus einer Region, sondern so ziemlich viele - am Ende sogar alle - darauf, dass es Dinge auf der Welt gibt, die wertvoll sind: edle Metalle zum Beispiel! Und ihr Wert wird umso größer, je mühsamer es ist, sie aus der Erde zu buddeln und in eine praktische Form zu bringen.

Denn der Wert einer Ware wird ja von zwei Dingen bestimmt: dem Materialwert und der Arbeit, die es braucht, um diese Ware in ihren marktfähigen Zustand zu bringen.

Ein Stück Kupfer hat seinen Wert, ein Stück Silber hat seinen Wert, ein Stück Gold ist am meisten wert!! Wieviel denn? Das kommt auf Größe und Gewicht an!

Und fortan galt: Für zehn Kupfermünzen kriegt man zum Beispiel ein Huhn von sagen wir drei Kilogramm, für zehn Silbermünzen gibt es zwei ausgewachsene Schafe und für zehn Goldmünzen gibt es einen Ochsen, der eine halbe Tonne wiegt!

Und dann veränderte sich wieder etwas: Da man immer mehr Handel treiben wollte, viel mehr, als die ganzen Kupfer-, Silber- und Goldminen der Welt hergaben, und weil dieses ganze Gold und Silber und Kupfer auch echt schwer ist, erfandet ihr neue Muscheln und Steine: Papiergeld!!

Was waren diese bedruckten Schnipsel denn anderes als ein Versprechen, das auf Gegenseitigkeit beruht: Ein Versprechen desjenigen, der die Dinger gedruckt hat (in der Regel ein Staat) an denjenigen, der den Schnipsel hat, dass er damit dann Hühner, Schafe und Ochsen kaufen kann. Und zwar bei allen, die in dem Staat leben.

Das war ja auch sehr sinnvoll: Was sollte man, wenn man z.B. ein Haus, ein großes Stück Land oder ein Brilliantdiadem für die Allerwerteste kaufen wollte, einen ganzen Karren mit Goldmünzen dabeihaben?

Dieses Gold konnte man jetzt getrost zuhause aufbewahren – so haben das dann auch die Staaten gemacht, indem sie sagten: In unserer Zentralbank liegt das ganze Gold! Die Papierscheine sind das Versprechen dafür, dass das Gold tatsächlich da ist!

Und jetzt wissen wir, was bei einer Inflation passiert: Bei einer Inflation gilt das Versprechen nicht mehr! Da ist dann das Papiergeld nur noch Papier, aber kein Geld mehr. Und das ist dann immer der Zeitpunkt, an dem die Menschen wieder ihre Neigung zu einem einfachen Tauschhandel entdecken oder mit Papiergeld anderer Staaten bezahlen, das sie für echtes Geld halten.

Und die neuesten Staaten sind dann auch keine Länder im eigentlichen Sinne mehr, sondern Konzerne! Denn es wurde ja schon hunderte Jahre zuvor eine neue Form von Papierversprechen erfunden: Aktien!!

Sie waren das Versprechen, dass man einen Teil einer Firma besitzt. Früher bekam man darüber dann auch eine Urkunde. Heutzutage lediglich ein millionenfach produziertes bedrucktes Blatt von der Bank – den Depotauszug.

Und diese millionenfach bedruckten Papiere werden heutzutage dazu benutzt, andere millionenfach bedruckten Papiere – nämlich Gelscheine - zu ergattern. Aber halt: Der größte Teil des Handels wird gar nicht mehr „ausgedruckt", sondern findet virtuell statt: Der reale Wert wird nicht mehr mit realen „Versprechensscheinen" – also einem Bündel Geldscheine abgebildet, sondern er wird in eine Zahlenreihe auf einem Bildschirm transformiert!
Und wieder ein Versprechen, das funktioniert! Denn alle halten sich ja schließlich daran! Was früher eine schwere Goldmünze war, war gestern ein Bündel 50er-Scheine – und heute ist es eine Zahl auf einem Bildschirm. Und ihr alle haltet euch treu daran, und deshalb funktioniert diese große Verabredung auch. Ein Versprechen aller Menschen auf der Welt, das sie sich gegenseitig geben!

Eine tolle Kulturleistung!

Sie funktioniert so gut, dass es kein Problem zu sein scheint, Versprechen – in diesem Fall „Optionen" – an den Börsen zu tätigen, bei denen 20, 30, 40mal mehr Mengen des weltweit verfügbaren Öls, Goldes, Getreides gehandelt werden, als es überhaupt gibt, weil jeder der Beteiligten weiß – und jetzt kommt es: Derjenige, der diese Option besitzt – also das Versprechen gegeben hat - der hält sein Versprechen gar nicht!!
Der *will* gar nicht am nächsten Quartalsende die gesamte Maisernte von Kenia für 190 Dollar die Tonne kaufen und der andere auch nicht, der 180 Dollar angeboten hat, und der übernächste auch

nicht, der 155 Dollar für fair hielt. Sie haben alle nur ein von allen Beteiligten vereinbartes Versprechen verabredet, bei dem alle wussten, dass sie das Versprechen – nämlich den Mais zu diesem Preis zu kaufen - nicht halten würden.

Aus welchem Grund? Weil sie uns – das Geld - damit verdienen wollen! Das ist nämlich das eigentliche Versprechen, um das es euch in diesem Fall geht: Am Ende muss Geld in den Kreislauf, und am besten in den eigenen!

Da sind sich alle Beteiligten einig und das Versprechen, das in diesem Fall nicht gehalten wird, ist auch kein Problem.

Auch nicht für die Bauern in aus Kenia?

Interessant ist in diesem Zusammenhang auch, dass mit der Einführung der Börsen der Zusammenhang vom Wert einer Sache und ihrem Preis immer mehr aufgelöst wurde: Der Wert eines Unternehmens wird nicht mehr festgemacht an den Ressourcen, über die dieses Unternehmen verfügt. Denkt doch mal, was einem Autokonzern alles gehört!! Fabriken mit modernen Fertigungsanlagen, Verwaltungsgebäude, große Industrieflächen, hoch innovative Forschungseinrichtungen, die Power von 100.000 und mehr Mitarbeitern und natürlich die ganzen Patente und quadratkilometergroße Parkplätze mit fertigen Autos drauf!

Aber heute wird der Wert eines Unternehmens gebildet aus den Zukunftsversprechen, welche man diesen Unternehmen zutraut! Aus diesen *eventuellen* Versprechen werden wieder ganz *reale* Werte -

sprich: Gelder – generiert und wieder heißt es: Ab in den Kreislauf!

Der Wert einer Sache wird also nicht mehr bestimmt von seiner Materialbeschaffenheit und dem Arbeitsaufwand, sondern von den Zukunftsversprechen und dem Markenimage: Denn welche tatsächlichen Ressourcen hat Facebook im Gegensatz zu einem Autokonzern zu bieten?
Welcher reale Material- und Arbeitswert steckt in einem Fußballtrikot deines Lieblingsvereins, für das du in religiöser Hingabe 80€ oder mehr locker machst?
Und wenn dir Fußball zu profan ist, kannst du dieselbe Summe für einen 100ml-Flakon von Dior auf den Tisch legen – denn die Inhaltsstoffe (neben den 99% Wasser) sind mit Sicherheit extrem selten und äußerst wertvoll.
Und was sind realmaterielle Werte eines Finanzprodukts?

Dies alles sind nichts anderes als Belege dafür, dass der dringende Wunsch von euch nach Geldvermehrung derartig groß ist, dass die von euch selbst produzierte Nachfrage nicht mehr mit den herkömmlichen auf der Erde vorhandenen Ressourcen befriedigt werden kann, sondern dass es künstlicher, ressourcenunabhängiger Werte bedarf, damit der große Kreislauf sich immer weiter dreht und zum vorhandenen Geld immer noch mehr Geld dazukommt. Und das kann man dann auch mit erfundenem Geld bezahlen – Bitcoins zum Beispiel! Oder man bezahlt mit Geld, das es gar nicht gibt:

Phantomgeld – siehe der Wirecard-Skandal.

Oder man stiftet mit irrsinnigen Hin- und Herbuchungen von Aktien eine digitale Verwirrung – mit der Konsequenz, höchst analoge Umsatzsteuererstattungen der öffentlichen Hand zu erzielen – siehe Cum-Ex-Geschäfte.

Und dies alles zeigt, dass sich die Beziehung zwischen uns und euch fundamental gewandelt hat.

Ging es noch in der Anfangszeit des Geldes darum, dass wir ein nützliches Instrument waren, um den alltäglichen Handel zu vereinfachen, so kann man sagen, dass wir sehr schnell einen nahezu persönlichen Status bei euch bekommen haben:

Das Sinnen und Trachten nicht nur einzelner Menschen, sondern ganzer Gesellschaften und Staaten und schließlich der ganzen Welt scheint beherrscht zu sein von einem Bestreben, das alle durchdringt und antreibt zu immer intensiveren und kreativeren Bemühungen: Geld besitzen!

Und zwar nicht, bis ein Eimer, ein Koffer, ein Schrank oder ein Schwimmbecken voll ist. Dann könnte man ja sagen: Es reicht! Mehr passt nicht!

Aber Geld wird in Zahlen auf einem Bildschirm verwahrt. Und da kann man immer noch eine Null dranhängen!

Wir sind nicht mehr Mittel – wir sind Zweck!

Wir sind der Endzweck eures Handelns geworden!

Der Markt ist der weltweit entscheidende und allgegenwärtige Regulator, der sogar dafür sorgt, dass einfache 2-Euro-Münzen wie ich nicht unbedingt nur 2 Euro wert sind!

Seht mich mal an: Ich bin eine von etwa 6,5 Milliarden 2-Euro-Münzen – und mein Wert ist: 2 Euro. Versprochen!

Jedoch gibt es zum Beispiel eine ganze Reihe von 2-Euro-Münzen, bei denen ihr euch darauf geeinigt habt, dass sie viel mehr wert sein sollen: Zum Beispiel die Gedenkmünze an Gracia Patricia von Monaco, 2007er Prägung: Dafür muss man über 2000 Euro hinblättern, wenn man die haben will!

Angebot und Nachfrage? Es gibt schließlich nur mickrige 20.001 Stück von dieser „Sondermünze"...

Natürlich existieren auch außergewöhnliche, einzigartige Münzen – zum Beispiel auch diese ganz besonders unhandliche: Die Maple Leaf aus Kanada – eine 100 Kilogramm schwere Goldmünze, so groß wie ein Käselaib.

Was bedeutet diese Münze? Ist sie nicht ein Beleg und ein Symbol für das große Urvertrauen, das uns zusammenschweißt?

Ist sie nicht die ironische Brechung jenes goldenen Kalbes, das die Israeliten in der Wüste anbeteten?

Wäre es nicht konsequent, eine solche Münze anstatt in einem Museum in einem Dom auszustellen? Auf dem Altar!

Und ist es nicht ein grober Vertrauensbruch, dass diese Münze so schamlos aus dem Berliner Museum geräubert und inzwischen mit Sicherheit in handlichere Portionen aufgeteilt wurde?

Ein Vertrauensbruch war dieser Raub in keinem Fall, sondern ein erstklassiger Vertrauensbeweis von euch zu uns!

Geld gehört nicht ins Museum, sondern in den Kreislauf. Die Räuber haben nichts anderes gemacht, als dieses Godzilla-Monster von Münze ihrer eigentlichen Bestimmung zuzuführen.

Und wenn ich als Geld dann in die Zukunft schaue, muss ich feststellen, dass wir, das Geld, immer virtueller werden: Geld, das heutzutage bewegt wird, wird bargeldlos bewegt. Alle haben sich darauf geeinigt: Staaten, Konzerne, Unternehmer, Verwaltungsbehörden, Angestellte, Arbeiter: Von dem einen Konto wird etwas abgezogen, auf das andere Konto wird es verbucht.

Das Bargeld, das man im alltäglichen Leben so braucht, wird irgendwann verschwinden: Stattdessen gibt es dann eine Uhr, ein Handy, ein Armband, ein Amulett oder ein Implantat, über das bei Bezahlung der Betrag digital von eurem Konto abgezogen wird. Da könnt ihr euch nicht mehr am Papiergeld oder Münzen festhalten und zu Weihnachten und zum Geburtstag werden dann virtuelle Gutschriften verschenkt.

Und beim Einkaufen geht ihr mit eurer Ware einfach durch den Kassenbereich und haltet dann z.B. eure Multikommunikationsuhr an einen Scanner und schwupps! – ist der Betrag abgebucht.

Vielleicht habt ihr dann einen Ohrclip, der euch flüstert, wieviel Geld ihr heute schon ausgegeben habt oder wieviel euch noch vom Dispo trennt. Es gibt dann mit Sicherheit auch welche, die anstatt eines dezenten Ohrclips einen Bassbooster integriert in einen Kapuzenpullover haben, der laut den aktuellen Kontostand grölt, zum Beispiel bei McDonalds:

„Ey Bro, nach dem krassen Big-Mac-Supersize-Menue hast du noch gechillte 8.700 Peitschen auf dem Konto. 8.700!! Nur damit ihr's alle wisst, ihr Opfer! Jau, Mann!"

Wenn das Bargeld dann ganz verschwunden ist, bedeutet dies dann auch eine ganz neue Ebene des Vertrauens: Ihr vertraut den Zahlen auf euren Bildschirmen. Gehörst du eigentlich auch zu denen, die täglich nachschauen, ob ihr Besitz noch da ist?
Diese Zahl dort hinter dem Glasdisplay, gebildet von einer künstlichen Retina, diese Zahl ist dein Besitz. Oder besser: Das Versprechen, dass du diesen Besitz auch hast.

Und diese Entwicklung ist doch kolossal: Mit einer Muschel oder einem Stein als Ausweis oder Pfand für ein Versprechen hat es angefangen – und heute reicht dazu eine abstrakte Zahl auf einem Bildschirm.

Und das ist nur möglich, weil ihr Menschen, die ihr so viele Talente und Eigenschaften habt, euch in einer dieser Eigenschaften besonders hervortut: in eurer Fähigkeit und Bereitschaft zum Versprechen!

Der Mensch ist Mensch, weil er versprechen und vertrauen kann.

Danke, liebe Menschen, für euer Vertrauen!

Und wenn du uns heute oder morgen in der Hand hältst, dann halte doch einen Moment inne, schau uns an und denk daran:

Wir werden euer Vertrauen nie enttäuschen!

Wir werden es nie brechen!

Versprochen!

Zeitfracht Medien GmbH
Ferdinand-Jühlke-Straße 7
99095 Erfurt, Deutschland
produktsicherheit@kolibri360.de